CMBB922223

Stefan Zweig

Découverte inopinée
d'un vrai métier

suivi de

La vieille dette

Édition établie sous la direction de Jean-Pierre Lefebvre

Traduit de l'allemand (Autriche)
par Isabelle Kalinowski et Nicole Taubes
et annoté par Jean-Pierre Lefebvre

Gallimard

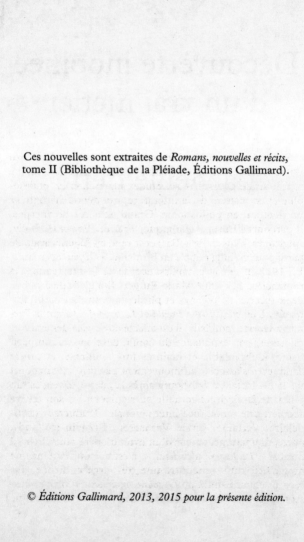

Ces nouvelles sont extraites de *Romans, nouvelles et récits*, tome II (Bibliothèque de la Pléiade, Éditions Gallimard).

Stefan Zweig naît à Vienne le 28 novembre 1881. Issu d'une famille aisée appartenant à la communauté juive, il a tout loisir de poursuivre ses études supérieures en philosophie et en histoire de la littérature, qui déboucheront sur un doctorat en philosophie. Grand amateur de voyages, il parcourt l'Europe (Belgique, France, Espagne, Italie, Angleterre, Écosse, Pays-Bas) et se rend en Algérie, avant de partir pour un long périple en Birmanie, à Ceylan et en Inde. En 1912, il fait la connaissance de sa future femme, la romancière Friderike Maria Burger. Il a alors déjà publié deux recueils de poèmes et plusieurs nouvelles parmi lesquelles *L'amour d'Erika Ewald* et *Le voyage*. Durant la Première Guerre mondiale, il est affecté au service des archives militaires : son expérience du conflit développera son pacifisme, inébranlable et maintes fois réaffirmé, et qui le conduira à s'associer au mouvement pacifiste international fin 1917. Installé à Salzbourg après la guerre, Zweig est un pilier de la vie intellectuelle autrichienne, et son œuvre acquiert une renommée internationale. Traducteur (Baudelaire, Verlaine, Émile Verhaeren, Romain Rolland), poète, dramaturge, auteur d'un livret d'opéra pour Richard Strauss – *La femme silencieuse* –, c'est surtout en tant que nouvelliste qu'il rencontre une très large audience, des recueils comme *Amok* ou *La confusion des sentiments* connaissant un succès considérable. Influencé par la psychanalyse de Freud, auquel il consacre un essai intitulé *La guérison par l'esprit*, Zweig est un maître de l'analyse psychologique, qui se déploie dans ses nouvelles comme dans ses essais littéraires critiques – tels *Trois maîtres*, consacré à Balzac, Dickens et Dostoïevski, ou encore *Trois poètes de leur vie*, sur Stendhal, Casanova et Tolstoï – et ses biographies romancées – parmi lesquelles *Fouché, Marie-Antoinette, Marie Stuart, Montaigne*. Désespéré par l'arrivée au pouvoir d'Hitler, et par le sort réservé aux Juifs sous l'égide du pouvoir nazi, Zweig émigre en Angleterre en 1934. Il poursuit néanmoins son activité littéraire et intellectuelle et part pour une tournée de conférences aux États-Unis. En 1937 est publié à Vienne *La pitié dangereuse*, son seul roman achevé. Séparé de son épouse, ayant vendu sa maison de Salzbourg, il voyage sans cesse. En 1938, Zweig est déchu de sa nationalité autrichienne à la suite de l'annexion de l'Autriche par l'Allemagne. La nationalité britannique lui est accordée en mars 1940, mais Zweig souffre et se considère comme apatride. Après une série de conférences à Paris, à New York et en Amérique du Sud, il s'installe au Brésil avec sa nouvelle épouse, Lotte Altmann. Il écrit son autobiographie, *Le monde d'hier*. La nouvelle intitulée *Le joueur d'échecs* sera sa dernière œuvre : Zweig ne veut plus vivre dans un monde dominé par les nazis dont la victoire finale lui semble inévitable, dans lequel sa «patrie spirituelle, l'Europe, s'est détruite elle-même». Pessimiste, déprimé, il se suicide avec sa femme en absorbant des médicaments.

Découverte inopinée
d'un vrai métier

En ce singulier matin d'avril de 1931, l'air était déjà magnifique ; pluvieux, mais bientôt inondé de soleil à nouveau. Il avait un goût de berlingot, frais, sucré, humide et luisant, printemps filtré, ozone pure et, au milieu du boulevard de Strasbourg, on était surpris de sentir un parfum de prairies en fleur et de mer. Ce miracle délicieux était l'œuvre d'une giboulée, une de ces averses capricieuses par lesquelles le printemps a coutume de s'annoncer avec la plus grande effronterie. En chemin, notre train avait déjà heurté un horizon noir qui traçait des lignes sombres sur les champs ; mais c'est seulement vers Meaux – où, déjà, les petits dés des maisons de banlieue faisaient leur apparition dans le paysage, où les premiers panneaux d'affichage se dressaient, criards, dans la verdure courroucée, et où l'Anglaise vieillissante qui me faisait face dans le coupé commença à replier ses quatorze sacs, bouteilles et étuis de voyage – qu'éclata enfin le nuage spongieux, plein à ras bord, couleur de plomb et de haine qui faisait la course avec notre locomotive depuis Épernay. Un bref éclair pâle donna le signal et, à l'instant, des trombes d'eau martiales s'effondrèrent sur nous dans un vacarme de clairons et déversèrent sur notre train en marche les feux de leurs mitraillettes humides. Durement touchées, les vitres gémissaient sous les coups sonores de la grêle et le tourbillon de fumée grise de la locomotive s'inclinait vers le sol en signe de capitulation. On ne voyait plus rien, on n'entendait plus que le fracas de l'averse qui chutait avec brutalité sur le verre et l'acier ; comme un animal martyrisé, le train essayait d'échapper à l'orage en courant sur les rails brillants. Mais voyez un peu : à peine étais-je arrivé, sain et sauf, dans le hall de la gare de l'Est, cherchant un porteur, que déjà la perspective du boulevard recommençait à étinceler derrière les cintres gris de la scène pluvieuse ; un vif rayon de soleil planta son trident dans le nuage en fuite et, aussitôt, les façades des immeubles se mirent à briller comme du cuivre astiqué ; le ciel luisait d'un bleu océanique. Nue et éclatante telle Aphrodite anadyomène émergeant des flots, la ville laissa tomber son manteau de pluie, divin spectacle. En un instant, à droite et à gauche de la rue, des gens sortirent de mille abris et cachettes et se ruèrent sur le trottoir, s'ébrouèrent en riant et continuèrent leur chemin ; les voitures emboutreuillées se remirent en marche, grinçant, ronflant et crachant, cent véhicules se croisèrent en tous sens,

tout respirait avec bonheur le retour de la lumière.
Même les arbres rachitiques du boulevard, fixés à
l'asphalte rigide, encore trempés et ruisselants, ten-
daient leurs petits bourgeons pointus vers le ciel
neuf d'un bleu limpide et cherchaient à répandre
un peu de parfum. Au vrai, c'était une réussite.
Un miracle n'arrive jamais seul : durant quelques
minutes, on sentit nettement, en plein cœur de
Paris, au milieu du boulevard de Strasbourg, le
parfum délicat et timide des fleurs de marronnier.

Seconde merveille de cette journée d'avril
bénie : arrivé tôt, je n'avais pas de rendez-vous
jusque tard dans l'après-midi. Pas un seul des
quatre millions et demi de Parisiens ne se doutait
de ma présence ni ne m'attendait, j'étais donc
divinement libre de faire ce qui me plaisait. Je
pouvais flâner dans les rues tout à mon aise ou lire
le journal, m'installer dans un café, aller déjeuner
ou visiter un musée, regarder les vitrines ou les
livres des quais, téléphoner à des amis ou ne rien
faire d'autre que humer l'air tiède et doux. Guidé
par un instinct très sûr, j'eus le bonheur de faire
le choix le plus raisonnable : je ne fis rien. Je ne
conçus aucun projet, je me laissai libre, je me
donnai le droit de m'éclipser à ma guise et je
suivis un chemin entièrement prescrit par la roue
du hasard ; je voguai au gré de la rue, longeant
tranquillement les quais lumineux des magasins
et pressant le pas dans les tourbillons des rues à
traverser. Pour finir, la vague me déposa sur les

Grands Boulevards ; je m'arrêtai à la terrasse d'un café, à l'angle du boulevard Haussmann et de la rue Drouot, en proie à une agréable fatigue.

Me revoilà, pensai-je, confortablement installé dans un accueillant fauteuil tressé, en allumant un cigare, et te voilà, Paris ! Nous avons passé deux bonnes années sans nous voir, mon vieil ami ; en ce jour, regardons-nous droit dans les yeux. Allez, vas-y, dis-moi, Paris, montre-moi ce que tu as appris entre-temps, tout de suite, projette-moi ton film parlant, *Les boulevards de Paris*, chef-d'œuvre de lumière, de couleur et de mouvement, aux mille et mille figurants sans cachet accompagnés de ton inimitable musique des rues, ce vacarme, ces bourdonnements, ces grondements ! Ne te retiens pas, bats la mesure, montre ce que tu sais faire, montre à qui on a affaire, lance ton grand orchestre de musique des rues atonale et pantonale, fais rouler tes voitures, hurler tes camelots, claquer tes banderoles, sonner tes klaxons, étinceler tes magasins, courir tes gens – je suis là, assis, réceptif comme jamais, j'ai le temps et l'envie de te regarder, de t'écouter jusqu'à ce que mes yeux chavirent et que mon cœur batte à tout rompre. Vas-y, vas-y, ne te retiens pas, ne fais pas attention, donne toujours et toujours plus, sois toujours plus fou, donne-moi encore et encore des cris, des hurlements, des klaxons et des sons épars, tu ne me fatigueras pas, tous mes sens sont en éveil, vas-y, vas-y, donne-toi tout entier, je suis prêt moi aussi à me livrer tout entier, ô ville qui ne s'apprend pas, et dont les charmes sont toujours nouveaux!

En effet – ce fut la troisième merveille de cette extraordinaire matinée – je m'aperçus, en ressentant un certain picotement des nerfs, que j'étais de nouveau dans un de mes jours de curiosité, comme souvent après un voyage ou une nuit blanche. Ces jours-là, je suis pour ainsi dire doublement moi-même, voire démultiplié ; je ne me contente plus de ma propre vie limitée, quelque chose me titille et me presse, comme si je devais m'extraire de ma propre peau, tel le papillon quittant sa chrysalide. Chacun de mes pores se déploie, chacun de mes nerfs se rétracte pour devenir un grappin d'abordage, fin et brillant, la clarté de mon écoute et celle de ma vision deviennent fanatiques, une lucidité presque inquiétante qui place mes pupilles et mes tympans en état de vigilance permanente. Tout ce que croise mon regard se charge de mystère. Je peux observer des heures durant, dans la rue, un ouvrier qui perce l'asphalte à l'aide d'un marteau-piqueur électrique, et je ressens si fortement ses gestes, simplement en les regardant, que la moindre secousse de ses épaules se transmet involontairement aux miennes. Je peux rester indéfiniment en arrêt devant une fenêtre et fantasmer le destin de l'inconnu qui habite peut-être là ou pourrait y habiter, observer et suivre n'importe quel passant pendant des heures, happé par une curiosité magnétique et absurde, tout en restant parfaitement conscient qu'un tel acte serait jugé totalement incompréhensible et délirant par toute personne qui, par hasard, m'observerait ; pourtant, ces jeux de l'imagination et ces envies ludiques me procurent une ivresse plus grande que n'importe quelle pièce de théâtre déjà écrite ou que les aventures relatées dans un livre. Peut-être cette surexcitation, cette extrême lucidité nerveuse sont-elles un effet tout naturel du changement de lieu, une simple conséquence de la variation de la pression atmosphérique et de la composition chimique du sang qui en résulte – je n'ai jamais tenté de trouver une explication à cette mystérieuse nervosité. Mais chaque fois que je la ressens, le reste de ma vie m'apparaît comme bien pâle et sans contour, et les journées habituelles me semblent froides et vides. C'est seulement dans ce genre d'instants que je suis pleinement en contact avec moi-même et avec la fantastique diversité de la vie.

C'est dans une telle projection complète hors de moi-même, en proie à cette même envie ludique et à cette même tension, que je me trouvais, en ce jour d'avril béni, assis dans mon petit fauteuil, sur les rives du fleuve humain, dans l'attente de je ne sais quoi. J'attendais en tout cas, avec le même tremblement imperceptible, le même frémissement que le pêcheur avant que sa canne ne ploie, je savais d'instinct que j'allais rencontrer quelque chose, quelqu'un, j'étais si avide

d'échange, d'ivresse, il me fallait nourrir ma curiosité en lui trouvant un jeu. Dans un premier
temps, cependant, la rue ne me renvoyait rien et,
au bout d'une demi-heure, mes yeux étaient las de
voir défiler des masses tourbillonnantes, je ne
voyais plus rien distinctement. Les gens charriés
par le boulevard n'avaient plus vraiment de visage
et formaient une masse indistincte de chapeaux,
de casquettes et de képis, d'ovales vides et mal
fardés, un marigot ennuyeux d'eaux humaines
usées, dont le flot était toujours plus terne et plus
gris sous mon regard toujours plus fatigué. J'avais
déjà atteint l'épuisement, comme si on avait pro-
jeté devant moi la mauvaise copie d'un film,
instable et sautant par à-coups ; je voulais me lever
et poursuivre mon chemin. C'est alors, enfin, c'est
alors que je le découvris.

Mon regard s'arrêta d'abord sur cet homme
étranger pour la simple raison qu'il revenait sans
cesse dans mon champ de vision. Toutes les autres
personnes qui, par milliers et milliers, défilèrent
devant moi pendant cette demi-heure, disparaissaient, comme tirées par des fils invisibles, elles
montraient à la hâte un profil, une ombre, un
contour et, déjà, le courant les emportait à tout
jamais. Mais cet homme, lui, revenait toujours à la
même place ; voilà pourquoi je le remarquai. De
même que les vagues, parfois, crachent avec un
entêtement incompréhensible une vieille algue sur
la plage, avant de l'avaler à nouveau de leur langue

mouillée, puis de la recracher et de l'engloutir de nouveau immédiatement, cette figure était sans cesse déposée devant mes yeux par le courant, à intervalles précis, presque réguliers, toujours à la même place et toujours avec le même regard baissé et curieusement soumis. Pour le reste, ce ramponneau n'avait rien de particulièrement remarquable ; un corps sec, famélique, mal fagoté dans un petit manteau estival de couleur jaune canari, qui n'avait certainement pas été coupé sur mesure car ses mains disparaissaient entièrement dans les manches trop longues ; ce petit manteau jaune canari depuis longtemps passé de mode était ridiculement trop grand, surdimensionné, pour cet homme à la mince face de musaraigne et aux lèvres pâles, presque éteintes, surmontées d'une petite moustache blonde frémissant comme sous l'effet de la peur. Tout, chez ce pauvre diable, était mal ajusté et brinquebalant – les épaules de travers, oscillant sur ses fines pattes de clown, l'air inquiet, il se faufilait tantôt à droite tantôt à gauche pour s'arracher à la foule, semblait s'arrêter, interloqué, levait anxieusement les yeux comme un levraut grignotant de l'avoine, reniflait, se courbait et disparaissait de nouveau dans le tumulte. En outre – ce fut la deuxième chose qui me frappa –, ce petit homme usé jusqu'à la corde, qui me rappelait vaguement le fonctionnaire d'une nouvelle de Gogol, semblait affecté d'une forte myopie ou d'une maladresse particulière : par deux, trois, quatre fois, en effet, je vis cette petite portion de misère de la rue bousculée et presque renversée par des passants plus rapides et plus décidés. Mais cela ne semblait guère l'affecter ; il s'écartait humblement, se courbait et se faufilait de nouveau ; il était toujours là, il réapparaissait toujours, pour la dixième ou la douzième fois peut-être en l'espace d'une petite demi-heure.

Tout cela m'intéressait. Ou plutôt, je fus d'abord agacé, je m'en voulus à moi-même de ne pas comprendre tout de suite ce que faisait cet homme, alors que j'étais ce jour-là en proie à une grande curiosité. Plus je m'efforçais en vain de comprendre, plus ma curiosité s'exacerbait. Parbleu, mais que peux-tu bien chercher à faire ? Qu'attends-tu, qui attends-tu ? Tu n'es pas un clochard : un clochard n'irait pas se poster en plein milieu de la foule comme un empoté, à l'endroit précis où personne n'a le temps de mettre la main au porte-monnaie. Tu n'es pas non plus un ouvrier, car, à 11 heures du matin, pas question pour les ouvriers de traîner et de perdre leur temps de la sorte. Et tu n'attends pas non plus un rendez-vous galant, mon cher, car un pauvre asticot comme toi n'a aucune chance, même avec la plus vieille et la plus ravagée. Allez, c'en est assez, que fais-tu là ? Serais-tu l'un de ces obscurs intermédiaires qui apostrophent les étrangers à voix basse, leur exhibent des photographies obscènes et font miroiter au provincial toutes les splendeurs de Sodome et Gomorrhe en échange d'un bakchich ?

Non, ce n'est pas cela non plus, tu n'adresses la parole à personne, bien au contraire, tu t'effaces anxieusement devant les gens avec ton étrange regard baissé et soumis. Mais qui diable es-tu donc, espèce de cachottier ? Que fais-tu là sur mon territoire ? Je le fixais toujours plus attentivement ; en cinq minutes, ce fut devenu une passion, un jeu : il fallait que je sache ce que faisait sur le boulevard ce petit culbuto jaune canari. Soudain, je compris : c'était un détective.

Un détective, un policier en civil, je le compris instinctivement à cause d'un tout petit détail, le regard de biais avec lequel il inspectait en un éclair tous ceux qui passaient, ce regard inquisiteur, reconnaissable entre tous, que les policiers doivent acquérir dès la première année de leur formation. Il n'est pas facile de regarder ainsi, car les yeux doivent parcourir tout le corps avec la rapidité d'un couteau sur une ligne de suture, des pieds au visage et, sous le feu de ce projecteur, saisir la physionomie tout en la comparant, de surcroît, avec le signalement de criminels connus et recherchés. Mais par ailleurs – ce qui est peut-être plus difficile encore – ce regard observateur doit se déclencher de façon rigoureusement imperceptible : l'espion ne doit pas trahir sa nature d'espion. Mon homme avait réussi son cursus à la perfection ; il se glissait à travers la foule avec l'air absent d'un rêveur, il se laissait bousculer et heurter, mais pendant ce temps – comme l'éclair d'un obturateur photographique –

il clignait des yeux et tenait sa prise comme s'il avait dardé sur elle un coup de harpon. Nul ne semblait remarquer qu'il était dans l'exercice de ses fonctions et, moi-même, je ne me serais douté de rien si cette journée d'avril bénie n'avait été, par chance, mon jour de curiosité, et si je n'étais resté à l'affût si longuement et si nerveusement.

Mais d'autres raisons encore m'incitaient à penser que ce policier dissimulé était, de toute évidence, un maître dans sa discipline : avec un art consommé de l'illusion, il savait, dans l'exercice de ses fonctions de limier, adopter l'attitude, la démarche, la tenue ou plutôt les oripeaux d'un authentique traînard des rues. D'ordinaire, à vrai dire, on reconnaît à cent lieues les policiers en civil : en dépit de tous leurs déguisements, ces agents ne parviennent pas à abjurer un dernier reste de dignité officielle, ils sont incapables de jouer à la perfection, jusqu'à produire l'illusion du vrai, cette façon d'être courbé, mal à l'aise, anxieux, qu'acquièrent tout naturellement ceux sur les épaules desquels pèsent des décennies de misère. Mais lui, mes respects ! avait si bien imité la déchéance du trimardeur qu'on l'imaginait répandre une odeur douteuse. Il avait travaillé son masque de vagabond dans les moindres détails. La justesse psychologique se lisait d'emblée dans le choix de ce pardessus jaune canari, de ce chapeau brun porté un peu de travers, qui traduisaient un dernier effort d'élégance, tandis qu'à l'étage

inférieur le pantalon élimé et l'habit sans âge lais-
saient voir la misère nue : ce chasseur d'hommes
bien entraîné ne pouvait pas ne pas avoir observé
que la pauvreté, ce rat avide, attaque les vêtements
par les bords. La physionomie famélique de
l'homme était parfaitement assortie à une aussi
triste garde-robe : barbiche étique (sans doute
fausse, juste collée), joues mal rasées, cheveux en
savant désordre et volontairement mal coupés, à la
vue desquels toute personne non prévenue aurait
juré que ce pauvre diable avait passé la nuit précé-
dente sur un banc ou sur la paillasse d'une cellule
de police. À quoi il fallait ajouter la petite toux
maladive, la main devant la bouche, le port d'un
petit pardessus estival qui suggérait que l'individu
avait froid, et sa démarche qui feignait la lenteur,
comme s'il avait du plomb sous les talons. Par
Zeus, un artiste de la métamorphose avait créé ici
le tableau clinique abouti d'une phtisie au stade
terminal.

Je n'ai pas honte de l'avouer : je fus enthousiasmé qu'une occasion magnifique me soit offerte
d'observer en privé un espion officiel de la police,
même si, selon une autre strate de mon sentiment,
je trouvais minable qu'un jour béni au ciel d'azur,
sous l'aimable soleil d'avril, présent de Dieu, un
fonctionnaire déguisé, en âge de prendre la retraite,
cherche à mettre la main sur un pauvre diable pour
l'enfermer et l'arracher à la lumière printanière et
au frémissement du soleil. Quoi qu'il en soit, il

était excitant de le suivre : j'observais chacun de ses gestes avec toujours plus d'attention et je me réjouissais de découvrir chaque nouveau détail. Brusquement, pourtant, la joie de ma découverte fondit comme neige au soleil. Quelque chose n'allait pas dans mon diagnostic, quelque chose ne me satisfaisait pas. Je fus gagné par le doute. Cet homme était-il vraiment détective ? Plus je fixais ce passant bizarre et plus j'avais le soupçon que la misère qu'il exposait à la vue était un peu *trop* vraie, *trop* réelle pour n'être qu'une attrape policière. Il y avait surtout, premier élément suspect, le col de sa chemise. Non, on ne va pas dans une poubelle ramasser une chose aussi sale et en ceindre son cou en la touchant à mains nues ; on ne porte un col pareil que si l'on a vraiment atteint le dernier degré de l'indigence. Puis – deuxième élément discordant – les chaussures, à supposer qu'il soit encore possible d'appeler chaussures des lambeaux de cuir aussi misérables, lacérés de toutes parts. La bottine droite était fermée avec une lanière grossière qui remplaçait les lacets noirs et la semelle de gauche, décollée, bâillait à chaque pas comme un bec de grenouille. Des chaussures pareilles ne pouvaient avoir été inventées et fabriquées pour un déguisement. Mon hypothèse était infondée ; déjà, le doute n'était plus permis, cet épouvantail au pas mal assuré et à la mine dissimulée n'était pas un policier ; mon diagnostic était faux. Mais si cet homme n'était pas un policier, qu'était-il donc ?

Pourquoi arpentait-il continuellement le pavé dans un sens et dans l'autre, pourquoi ces regards lancés par en dessous, en toute hâte et à la dérobée, que cherchait-il, pourquoi ces circonvolutions ? Une sorte d'exaspération s'empara de moi : ne pouvant percer le mystère de cet homme, j'avais envie de lui secouer les épaules. Mais que veux-tu, vaurien, que fais-tu là ?

Soudain, ce fut comme une inflammation de tous mes nerfs, je sursautai, la certitude me pénétra avec la rapidité d'une balle – en un instant, je compris tout et, cette fois, avec une entière netteté, de façon définitive et irréfutable. Non, ce n'était pas un détective – comment avais-je pu croire pareilles sornettes ? –, c'était, si l'on peut dire, le contraire d'un policier : un pickpocket, un vrai de vrai, un authentique pickpocket professionnel, qui avait du métier, et qui arpentait le boulevard en quête de portefeuilles, montres, sacs à main et autres trophées. Je compris que c'était là son domaine de spécialité quand je remarquai pour la première fois qu'il se jetait dans la foule précisément là où elle était le plus dense ; voilà pourquoi il semblait si empoté, heurtait et bousculait les gens. La situation devint particulièrement évidente et limpide à mes yeux. Il avait choisi cette place devant le café et tout près du croisement pour mettre à profit l'excellente idée d'un commerçant avisé qui avait imaginé une astuce pour attirer le chaland devant sa vitrine. Les produits vendus dans ce magasin ne présentaient aucun intérêt ni attrait particulier, c'étaient des noix de coco, des sucreries turques et divers caramels de toutes les couleurs, mais le propriétaire avait eu l'idée lumineuse de décorer la vitrine à l'orientale avec de faux palmiers et des affiches des Tropiques, et d'installer au milieu de ce superbe décor exotique – idée de génie – trois petits singes vivants en liberté, qui voltigeaient derrière la vitrine dans les postures les plus invraisemblables et les plus grotesques, montraient les dents, s'épouillaient les uns les autres, faisaient des grimaces et beaucoup de bruit et, en vrais singes qu'ils étaient, adoptaient des attitudes irrespectueuses et déplacées. Le commerçant malin avait vu juste, car les passants se collaient à la vitrine en grappes nombreuses ; à en juger d'après leurs cris et leurs exclamations, les femmes, en particulier, semblaient prendre un plaisir extrême à observer ce spectacle. Chaque fois qu'une foule de passants curieux se pressaient tout contre la vitrine, mon ami avait tôt fait de les rejoindre et de se glisser parmi eux. Tout doucement et avec une modestie feinte, il se faufilait dans la masse. Concernant l'art du pickpocket, jusqu'ici trop peu étudié et, à ma connaissance, jamais décrit correctement, je savais déjà, au demeurant, que, pour faire de bonnes prises, les voleurs ont besoin d'une bonne mêlée comme les harengs pour le frai : en effet, ce n'est que lorsqu'on les presse et les bouscule que les victimes peuvent ne pas sentir la main qui les guette et les déleste de leur portefeuille ou de leur montre. De plus – je l'appris ce jour-là – il faut, pour réussir un joli coup, un élément qui détourne l'attention, et chloroforme un instant la vigilance inconsciente que chacun investit dans la protection de son patrimoine. Cette diversion était opérée à la perfection, dans le cas présent, par les trois singes avec leurs postures bouffonnes et vraiment irrésistibles. Ces nains ricanants, grimaçants et nus étaient sans le savoir les receleurs et les complices infatigables de mon nouvel ami le pickpocket.

Qu'on me pardonne, mais j'étais vraiment enthousiasmé par ma découverte. Car je n'avais jamais vu un pickpocket de ma vie. Ou peut-être, pour être tout à fait honnête, en avais-je vu un à l'époque où je faisais mes études à Londres et me rendais souvent au tribunal pour assister à des audiences afin d'améliorer mon anglais : un jour, on avait conduit devant le juge un gaillard roux et couvert de pustules, flanqué de deux *policemen*. Sur la table était posée une bourse, le *corpus delicti*, quelques témoins avaient parlé et juré, puis le juge avait murmuré dans un anglais inaudible et le roux était sorti – il en avait pour six mois, si j'avais bien compris. C'était la première fois que je voyais un pickpocket mais à l'époque – cela ne revient pas au même –, je n'avais pu vérifier s'il s'agissait d'un authentique pickpocket. Les témoins prétendaient qu'il était coupable mais j'avais seulement assisté à la reconstitution juridique des faits, non aux faits eux-mêmes. Je n'avais vu qu'un accusé, un condamné et non un vrai voleur. Car un voleur n'est un voleur que dans l'instant où il vole, et non deux mois plus tard quand il doit comparaître devant le juge pour son méfait, de même que le poète n'est en principe poète que quand il crée et non, par exemple, lorsqu'il fait lecture de son poème des années plus tard devant un microphone ; en réalité, en toute rigueur, on n'est acteur qu'à l'instant de l'action. Une occasion de ce genre rare entre tous m'était à présent donnée : je pouvais surprendre un pickpocket à l'instant pour lui le plus caractéristique, dans la vérité la plus intime de son être, dans cette mince seconde aussi insaisissable que celle de la conception ou de la naissance. La seule idée de cette possibilité me mettait en émoi.

Bien entendu, j'étais décidé à ne pas laisser passer une occasion aussi formidable, et à ne manquer aucun détail de la préparation et du passage à l'acte proprement dit. J'abandonnai sans tarder mon fauteuil à la terrasse du café, où je me sentais trop limité dans mon champ de vision. J'avais besoin à présent d'une position en surplomb, ambulante pour ainsi dire, à partir de laquelle je pourrais observer à mon aise et, après quelques hésitations, mon choix se porta sur un kiosque sur lequel étaient placardées des affiches de tous les théâtres de Paris, de toutes les couleurs. Je pouvais faire semblant d'être plongé dans la lecture de ces annonces et ne pas éveiller l'attention ; en réalité, pendant ce temps, dissimulé par la colonne Morris, je pourrais suivre très précisément chacun de ses mouvements. J'observai ainsi avec une ténacité que j'ai du mal à comprendre aujourd'hui ce pauvre diable dans l'exercice de ses difficiles et dangereuses fonctions ; je le regardai avec une tension plus grande que je n'en avais jamais éprouvée, dans mon souvenir, à la vue d'un artiste de théâtre ou de cinéma. En effet, dans l'instant de suprême concentration, la réalité dépasse et transcende toute forme d'art. *Vive la réalité**[1] *!*

Cette heure passée, de 11 heures à midi, un matin sur les Grands Boulevards de Paris s'écoula en une seconde même si – ou plutôt parce que – elle avait été emplie de tensions incessantes, de mille petites résolutions et incidents captivants ; je pourrais en faire le récit des heures durant, de cette heure-là, tant elle fut chargée d'énergie nerveuse et d'excitation, avec ses jeux dangereux. Jusque-là, je n'avais jamais soupçonné, pas même de façon confuse, qu'il existât un métier aussi difficile et pour ainsi dire impossible à apprendre – non, je n'imaginais pas quel art terrible, au suspense cruel, est celui du pickpocket qui exerce en pleine rue et en plein jour. Jusque-là, je n'avais rien associé à l'idée de pickpocket, sinon la vague notion d'une

1. Les termes en italique suivis d'un astérisque sont en français dans le texte.

grande effronterie et d'une profonde habileté ; je
tenais ce métier, je l'avoue, pour une simple affaire
de dextérité manuelle, comme le savoir-faire du
jongleur ou du prestidigitateur. Dickens a décrit
quelque part dans *Oliver Twist* un maître voleur qui
enseigne à de jeunes garçons à subtiliser impercep-
tiblement un mouchoir dans un pardessus. Une
clochette est suspendue en haut du manteau et si
elle se met à tinter quand l'apprenti tire le mouchoir de la poche, c'est que la prise n'était pas
bonne et le geste trop brusque. Mais Dickens, je
m'en rendais compte à présent, n'avait prêté attention qu'à l'aspect grossièrement technique, au
coup de main ; peut-être n'avait-il jamais vu à l'œuvre un voleur sur un objet vivant – sans doute
n'avait-il jamais eu l'occasion d'observer (comme il
m'était donné de le faire en vertu d'un heureux
hasard) qu'un pickpocket opérant en plein jour ne
doit pas seulement avoir la main preste, mais aussi
des forces mentales : présence d'esprit, maîtrise de
soi, une psychologie très entraînée, conjuguant le
sang-froid et la rapidité de l'éclair, et surtout un
courage incroyable, proprement insensé. Un pickpocket, en effet, je l'avais déjà compris au bout de
soixante minutes d'apprentissage, doit posséder
la rapidité de décision d'un chirurgien qui opère à
cœur ouvert[1] – une seconde de perdue, et c'est la

---

1. La première suture cardiaque eut lieu à Oslo en 1896, sur
le ventricule gauche d'un homme poignardé.

mort ; à ceci près que, dans une telle opération, le patient est déjà endormi, ne peut bouger ni se défendre, tandis que le voleur, lui, doit intervenir avec dextérité et célérité sur le corps d'un homme parfaitement éveillé – dans une zone particulièrement sensible, celle qui se situe dans la proximité du portefeuille. Quand le pickpocket entre en action, quand sa main s'avance en une fraction de seconde, dans ce moment de tension et d'excitation extrêmes, il doit en même temps contrôler parfaitement tous les muscles et tous les nerfs de son visage et affecter l'indifférence, voire l'ennui. Il ne doit pas trahir son émoi, et ne peut, à la différence du criminel, du meurtrier qui enfonce son couteau, trahir dans sa pupille la fureur du coup qu'il a porté – le pickpocket, lui, tandis que sa main s'affaire déjà, a l'obligation de fixer sur sa victime des yeux clairs et aimables et, en la bousculant, de prononcer son « Pardon, monsieur » avec humilité, de la voix la plus insignifiante qui soit. Mais, non content de devoir déployer, à l'instant où il entre en action, esprit, vigilance et adresse... c'est *avant même* d'agir qu'il doit déjà faire la preuve de son intelligence, de sa connaissance des hommes ; c'est en psychologue, en physiologiste qu'il doit examiner l'opportunité du choix d'une victime. Seuls les passants distraits et dépourvus de méfiance peuvent entrer en ligne de compte et, parmi eux, uniquement ceux qui n'ont pas boutonné leur pardessus, qui ne marchent pas trop vite et dont on peut donc s'approcher sans éveiller l'attention ; sur cent, cinq cents personnes qui marchent dans la rue, j'en ai fait le décompte en une heure, il est impossible d'en sélectionner plus d'une ou deux. Un pick-pocket avisé ne se risquera à porter la main que sur un tout petit nombre de victimes ; de surcroît, sa tentative échouera généralement au dernier moment par le fait des nombreux impondérables qui ne peuvent manquer d'interférer. Ce métier exige une somme colossale d'expérience humaine, d'éveil et de contrôle de soi (je peux en témoigner), car il faut songer aussi que, à l'instant même où, tous les sens en éveil, le voleur choisit et épie ses victimes, il doit réserver un de ses sens crispés et en état de vigilance extrême pour vérifier qu'il n'est pas lui-même épié dans son travail. Il doit regarder si un policier ou un détective n'est pas posté au coin de la rue, ou l'un de ces curieux qui peuplent sans cesse les rues et dont le nombre est écœurant ; il doit surveiller tout cela à la fois, et prendre garde qu'une vitrine dont, dans sa hâte, il aurait ignoré la présence, ne renvoie le reflet de sa main et ne le trahisse, s'assurer enfin que personne ne le surveille depuis l'intérieur d'un magasin ou une fenêtre. Cela représente un effort colossal, et le danger est encore sans commune mesure avec ce dernier, car un acte malheureux, une erreur peuvent se solder par la perte de trois ou quatre ans de boulevard parisien, un léger frémisse-ment de la main, un geste nerveux et prématuré peuvent coûter la liberté. Le vol à la tire en plein

jour sur un boulevard, j'en pris conscience ce jour-
là, est un acte de courage de première importance
et, depuis, je trouve assez injuste que les journaux
expédient les voleurs de cette catégorie en les trai-
tant, pour ainsi dire, comme des malfaiteurs de
troisième zone. Parmi tous les métiers licites et illi-
cites de notre monde, c'est là un des plus difficiles,
un des plus périlleux ; dans ses formes les plus
abouties, il peut presque prétendre au titre d'art. Je
peux le dire, je peux en témoigner, car il m'a été
donné de le constater et d'en faire l'expérience en
ce fameux jour d'avril.

En faire l'expérience : je n'exagère pas en disant
cela, car ce n'est qu'au tout début, dans les premières minutes, que je parvins à conserver mon
sang-froid et mon objectivité en regardant cet
homme agir ; toute contemplation passionnée
éveille irrésistiblement l'émotion, l'émotion crée
des liens, et voilà comment, insensiblement, à mon
insu et sans l'avoir voulu, je commençai à m'iden-
tifier à ce voleur, à entrer pour ainsi dire dans sa
peau, à prendre ses mains pour les miennes ; je
cessai d'être un simple spectateur pour devenir
intérieurement son complice. Ce processus de bas-
culement se manifesta dans un premier temps par
le fait qu'au bout d'un quart d'heure d'observation
du pickpocket je me mis à examiner tous les passants en me demandant s'ils étaient bons ou non à
être détroussés. S'ils avaient fermé leur veste ou
l'avaient laissée ouverte, s'ils avaient le regard dis-

trait ou attentif, s'ils avaient un sac ouvert et bien rempli, en un mot, s'ils valaient la peine que mon nouvel ami s'intéressât à eux. Bientôt, même, il me fallut avouer que je n'étais plus neutre devant ces confrontations, mais ressentais en mon for intérieur le désir impérieux qu'il réussît enfin une prise ; j'eus presque à me faire violence pour contenir l'envie irrépressible de lui venir en aide. En effet, de même que, dans une partie de cartes, le kibitzer [1] est fortement tenté de donner un discret coup de coude à tel ou tel joueur pour qu'il choisisse la bonne carte, je me retenais à grand-peine de faire un clin d'œil à mon ami quand il manquait une occasion favorable : Eh ! lui, là-bas ! Lui, le gros bonhomme qui tient dans ses bras un énorme bouquet de fleurs ! Une autre fois, alors que mon ami avait de nouveau plongé dans la mêlée, je vis un policier apparaître à l'improviste au coin de la rue, et il me sembla alors de mon devoir de l'en avertir : la frayeur s'insinua dans mes jambes comme si j'allais moi-même être pris, je sentis déjà la lourde patte du policier sur son, sur mon épaule. Mais... le voici libéré ! Le petit homme menu s'était de nouveau extirpé de la foule avec une merveilleuse simplicité et un air innocent, était passé

---

1. Zweig utilise ici un terme emprunté au yiddish, désignant un individu qui regarde le jeu sans jouer lui-même, toujours tenté de faire des commentaires et de donner des conseils. Par extension, le mot *kibitzer* désigne quelqu'un qui se mêle de tout.

devant le dangereux fonctionnaire et poursuivait son chemin. Tout cela était captivant, mais pas encore assez pour moi ; plus je m'impliquais dans la vie de cet homme, plus je m'initiais à son métier, après avoir observé une vingtaine de tentatives d'approche avortées, plus je m'impatientais qu'il ne fût pas encore passé à l'acte et se soit contenté à chaque fois de sondages et d'essais. Je commençais à être tout bonnement exaspéré par ses hésitations maladroites et ses sempiternelles reculades. Que diable, attrape quelque chose une bonne fois, poltron ! Du nerf, que diable ! Lui, là-bas, lui ! Mais vas-y, à la fin !

Par bonheur, mon ami, qui ne se doutait aucunement de ma participation non sollicitée, ne se laissa en rien perturber par mon impatience. C'est là, comme toujours, la différence entre l'artiste authentique et confirmé et le néophyte, l'amateur, le dilettante : l'artiste sait d'expérience que des essais infructueux sont fatalement nécessaires avant toute vraie réussite, et il s'est exercé à attendre et à patienter jusqu'à ce que l'opportunité ultime et décisive se présente. Tout comme le poète rejette avec dédain mille inspirations en apparence séduisantes et prometteuses (seul le dilettante veut toutes les saisir d'une main intrépide), afin d'épargner ses forces pour le moment décisif, le petit homme insignifiant laissait passer cent opportunités dans lesquelles je voyais autant de promesses de succès, moi, le dilettante, l'ama-

teur dans ce métier. Il testait, évaluait et faisait des
essais, il fondait sur les gens et aurait certainement
pu cent fois déjà porter la main dans la poche ou le
manteau d'un passant. Mais il ne passait jamais à
l'acte ; avec une patience infatigable, il arpentait
sans cesse dans un sens et dans l'autre les trente
pas qui le séparaient de la vitrine, l'air de rien,
comme il savait le faire à la perfection, tout en éva-
luant d'un vigilant regard oblique l'ensemble des
possibilités, à l'aune de dangers que moi, le débu-
tant, j'étais incapable de percevoir. Cette persévé-
rance paisible et inouïe avait pour moi quelque
chose d'enthousiasmant, en dépit de mon impatience, et elle apportait à mes yeux la garantie de sa
réussite ultime, car son énergie tenace indiquait
qu'il n'abandonnerait pas la partie avant d'avoir
remporté une victoire. J'étais moi-même tout aussi
viscéralement décidé à ne pas partir avant d'avoir
assisté à son triomphe, dussé-je attendre minuit.

Midi avait sonné, heure du flot géant où, soudain, toutes les petites rues et ruelles, les escaliers
et les cours déversent dans le vaste lit du fleuve
du boulevard une infinité de petits ruisseaux
humains. Des ateliers, officines, bureaux, écoles
et administrations sortent d'un seul coup les
ouvriers, les couturières, les marchands des
innombrables petits chantiers des deuxième, troisième et quatrième étages ; la foule ainsi lâchée
envahit la rue comme une vapeur sombre tombant
en gouttelettes, les ouvriers en blouse blanche ou

en pardessus de travail, les midinettes bavardant
par deux ou par trois, bras dessus, bras dessous,
un petit bouquet de violettes suspendu à la robe,
les petits fonctionnaires en habit de gala ou avec
l'inévitable serviette de cuir sous le bras, les por-
teurs, les soldats en uniforme bleu horizon, toutes
les figures indéfinissables et sans nombre qui font
l'activité invisible et souterraine de la grande ville.
Tout ce petit monde est resté longtemps, trop
longtemps dans des pièces étouffantes ; à présent,
les uns et les autres se dégourdissent les jambes,
courent et bourdonnent en tous sens, prennent
de grandes bouffées d'air, saturent l'atmosphère
de fumée de cigare, entrent et sortent ; une heure
durant, leur présence conjointe donne à la rue
une forte impulsion de vie joyeuse. Une heure
seulement car, ensuite, il leur faut retourner derrière les fenêtres closes, modeler au tour, coudre,
taper à la machine et additionner des colonnes de
chiffres, imprimer, tailler le tissu et travailler le
cuir. Les muscles le savent, les attentes du corps,
voilà pourquoi ils s'étirent si joyeusement et si
fort, et l'âme le sait aussi, c'est pourquoi elle pro-
fite si gaiement et si pleinement de cette petite
heure ; elle tâtonne avidement en quête de lumière
et de joie, tout prête à plaisanterie et à fou rire.
Rien d'étonnant si la vitrine aux singes était la
première à profiter de ces envies de distraction
gratuite. La foule se pressait en masse autour de la
vitrine prometteuse, les midinettes les premières,

qu'on entendait gazouiller et piailler comme des oiseaux en cage, de leurs voix aiguës et criardes, et les ouvriers et les flâneurs se pressaient contre elles, lâchant des plaisanteries égrillardes et les serrant de près. Plus les spectateurs s'écrasaient et se collaient les uns contre les autres pour former une masse compacte, plus mon petit poisson en pardessus jaune canari, fringant et allègre, nageait et plongeait dans la vague, d'un côté et de l'autre. Je ne pouvais rester plus longtemps passif à mon poste d'observation – je voulais l'observer et regarder ses gestes de près, pour découvrir le vrai cœur du métier. Mais ce lévrier bien dressé ne me facilitait pas la tâche : il avait une technique particulière pour glisser entre les doigts et serpenter telle une anguille à travers les moindres interstices de la foule – je le vis soudain disparaître comme par enchantement alors qu'il était tranquillement posté non loin de moi une seconde plus tôt, et réapparaître au même instant tout contre la vitrine. Il avait dû progresser d'un coup de trois ou quatre rangées.

Comme il se doit, je m'efforçai de le rejoindre, craignant qu'il ne disparaisse de nouveau à droite ou à gauche, dans l'une des plongées dont il avait le secret, avant que j'atteigne la vitrine. Mais non, il attendait très posément, d'une façon étonnamment tranquille. Attention ! cela signifiait forcément quelque chose, me dis-je immédiatement, en examinant les personnes qui l'entouraient. À côté de lui se tenait une femme d'une corpulence peu commune, visiblement pauvre. Elle donnait la main droite, avec tendresse, à une fillette pâle qui devait avoir onze ans, et portait à son bras gauche un sac à provisions de cuir bon marché, ouvert, d'où dépassaient négligemment deux longues baguettes de pain blanc ; à l'évidence, elle portait dans ce sac le repas de midi de son époux. Cette brave femme du peuple – sans chapeau, vêtue d'un maigre châle et d'une robe à carreaux de mauvais coton qu'elle avait confectionnée elle-même – était ravie, à un degré indescriptible, par le spectacle des singes ; tout son large corps un peu spongieux était secoué de rires et les deux baguettes se balançaient d'avant en arrière ; elle gloussait de rire et poussait de tels cris de joie qu'elle ne tarda pas à amuser la foule autant que les petits singes. Elle suivait le spectacle inattendu avec le plaisir primaire et naïf d'une nature élémentaire, et la gratitude magnifique de tous ceux à qui la vie n'a pas fait beaucoup de cadeaux : seuls les pauvres peuvent éprouver une gratitude aussi vraie, eux seuls, dont le plaisir suprême et apprécié entre tous est celui qui ne coûte rien et représente pour ainsi dire un don du Ciel. La brave femme se penchait sans cesse vers la petite fille pour s'assurer qu'elle voyait bien et ne manquait aucune des facéties des singes. « Rrregarrde doonc, Maarguerite », gloussait-elle constamment, avec son accent méridional prononcé, à la fillette pâle, trop timide pour rire fort au milieu de tant d'étrangers. Cette femme, cette mère était superbe à voir, une vraie fille de Gaïa, de la race primitive de la terre, un fruit sain et épanoui du peuple français, et on avait envie d'embrasser cette excellente femme pour sa joie tonitruante et son insouciante gaieté. Soudain, pourtant, je ressentis une inquiétude. Je remarquai en effet que la manche du pardessus jaune canari se rapprochait toujours davantage du sac à provisions négligemment ouvert (seuls les pauvres sont insouciants).

Mon Dieu ! Tu ne vas quand même pas voler dans sa sacoche à provisions la maigre bourse de cette pauvre brave femme, bonne et joyeuse comme pas une ? D'un seul coup, quelque chose en moi s'indigna. Jusque-là, j'avais regardé ce pickpocket avec une joie sportive, mes pensées et mes émotions étaient devenues celles de son corps et de son âme, j'avais espéré et même désiré qu'il réussît enfin un petit coup en échange d'une dépense aussi colossale d'efforts, de courage et de dangers. À présent, cependant, pour la première fois, je ne voyais plus seulement les tentatives du voleur mais aussi, en chair et en os, la personne qui allait subir le vol, cette femme d'une naïveté touchante, qui ne se doutait de rien, innocente, qui faisait sans doute des heures de ménage et frottait des escaliers pour quelques sous ; je fus pris de colère. Va-t'en, vaurien ! avais-je envie de lui crier, va chercher quelqu'un d'autre que cette pauvre femme ! Je m'avançai d'un coup et me rapprochai de la femme pour protéger le sac à provisions menacé. Mais pendant que je faisais ce geste, le gaillard se retourna et passa juste devant moi. « Pardon, monsieur », s'excusa-t-il en me frôlant, d'une voix fluette et humble (que j'entendis pour la première fois) ; déjà, le petit manteau jaune se glissait hors de la foule. Immédiatement, je ne sais pourquoi, j'eus le sentiment qu'il était déjà passé à l'acte. Surtout ne pas le perdre de vue ! Brusquement – un monsieur maugréa derrière moi que je lui avais écrasé le pied – je m'extirpai du tourbillon et arrivai juste à temps pour voir que le petit pardessus jaune canari s'enfuyait dans une rue adjacente au coin du boulevard. Le poursuivre, ne pas le laisser partir ! Lui coller aux talons ! Mais je dus ralentir ma course car – dans un premier temps, je n'en crus pas mes yeux – le petit bonhomme que j'avais observé une heure durant s'était métamorphosé d'un coup. Alors qu'il se tortillait jusque-là maladroitement et timidement, comme s'il avait bu, il filait à présent à toute allure, aussi léger qu'une belette, le long du mur, en marchant d'un pas angoissé, comme les greffiers efflanqués qui ont raté le bus et se hâtent de rejoindre leur bureau. Désormais, le doute n'était plus permis. C'était la démarche de celui qui a déjà commis son forfait, la démarche n° 2 du voleur qui aspire à fuir le lieu du crime le plus rapidement et le plus discrètement possible. Non, aucun doute n'était permis : le truand avait dérobé le porte-monnaie de cette pauvre indigente.

Sous le premier effet de la colère, j'aurais presque donné le signal d'alarme : au voleur ! Mais le courage me fit défaut. De toute façon, je n'avais pas vu le vol proprement dit, je ne pouvais l'accuser trop vite. En outre – il faut un certain courage pour empoigner un homme et lui faire justice à la place de Dieu : je n'ai jamais eu ce courage-là, je n'ai jamais pu accuser ni dénoncer quiconque. Car je sais très bien que toute justice est faillible et qu'il est présomptueux, dans notre monde troublé, de vouloir tirer d'un cas particulier problématique une règle de droit. Tandis que je me demandais quoi faire, tout en le poursuivant, une nouvelle surprise m'attendait : deux rues plus loin à peine, cet être imprévisible changea encore une fois de démarche. Il interrompit d'un coup sa course rapide, cessa de se courber et de se baisser, et adopta soudain une démarche tranquille et confortable, comme s'il se promenait à une heure de loisir. Manifestement, il avait conscience d'être sorti de la zone dangereuse, personne n'était à sa poursuite, nul ne pouvait plus l'accuser. Je compris qu'après ce moment d'extrême tension, il voulait souffler un peu ; c'était, pour ainsi dire, un pickpocket au repos, en congé de son métier, une personne qui, parmi des milliers d'autres, à Paris, arpentait nonchalamment le pavé, une cigarette fraîchement allumée à la bouche ; avec un air d'innocence indéfectible, le frêle petit homme flânait sur la Chaussée d'Antin d'un pas tranquille, confortable et détendu. Pour la première fois, il me sembla même qu'il dévisageait les femmes et les jeunes filles qu'il croisait en appréciant leur beauté et l'éventualité d'un abord.

Et maintenant, où vas-tu aller, homme des surprises perpétuelles ? Par là peut-être : dans le petit square de la Trinité, tout verdoyant de jeunes pousses ? Pourquoi ? Ah, je comprends ! Tu veux te reposer quelques minutes sur un banc, et pourquoi pas ? Ces courses incessantes t'ont sans doute terriblement fatigué. Mais non, l'homme des surprises perpétuelles ne s'assit pas sur un banc ; il se dirigea d'un pas décidé – vous m'excuserez – vers une petite cahute publique destinée à remplir une fonction des plus privées, dont il referma soigneusement la large porte derrière lui.

Un instant, j'eus envie de rire : est-ce là, dans ce lieu banalement humain, que la prouesse de l'artiste trouvait son aboutissement ? Ou bien la frayeur avait-elle malmené ses intestins ? Mais je me rendis compte que la réalité, éternellement facétieuse, trouve toujours l'arabesque la plus amusante : elle est plus téméraire que l'écrivain dans ses inventions. Elle n'hésite pas une seconde à faire se côtoyer l'extraordinaire et le ridicule et juxtapose non sans malice l'inouï et les inévitables contingences humaines. Attendant sur un banc son retour de la petite cabane verte – que faire d'autre ? –, je compris que, fort de son expérience et de son savoir-faire, ce maître dans son art ne faisait que suivre la logique implacable de son métier en s'entourant ainsi de quatre murs pour chiffrer son butin en toute sécurité. Car c'était là (je n'y avais pas songé auparavant) une des difficultés impondérables rencontrées par un voleur professionnel : il devait se soucier en temps et en heure, une fois son larcin commis, de faire disparaître et de soustraire à tout contrôle l'ensemble des pièces à conviction. Or, dans une ville éternellement en éveil, dont les millions d'yeux sont aux aguets, rien n'est plus malaisé que de trouver quatre murs protecteurs offrant une vraie cachette ; même ceux qui ne lisent que rarement les comptes rendus des tribunaux s'étonnent à chaque fois du nombre impressionnant de témoins qui, au moindre incident, sont prompts à livrer leur déposition, et de la précision diabolique de leur mémoire. Déchire une lettre dans la rue et jette-la dans le caniveau : des dizaines de personnes t'observent sans que tu t'en doutes et, cinq minutes plus tard, un jeune garçon désœuvré s'amusera peut-être à recoller les morceaux. Inspecte le contenu de ton portefeuille dans une antichambre : s'il se trouve que demain, dans cette ville, un quidam déclare le sien perdu, une femme que tu n'as jamais vue va courir à la police et livrer de ta personne une description aussi exhaustive qu'un Balzac. Entre dans une auberge : le patron, auquel tu ne prêtes aucune attention, inspecte ta tenue, tes

chaussures, ton chapeau, la couleur de tes cheveux
et la forme de tes ongles, ronds ou plats. Derrière
chaque fenêtre, chaque vitrine, chaque rideau,
chaque pot de fleurs, des yeux te fixent et si, dans
ton infinie naïveté, tu crois marcher seul dans les
rues sans être épié, sache que des témoins non solli-
cités sont postés de tous côtés ; un réseau de curio-
sités chaque jour renouvelées, au maillage infini,
enserre toute notre existence. C'est donc une excellente idée, ô artiste aguerri, de te procurer pour
quelques minutes, en échange de cinq sous, quatre
murs qui te dérobent à la vue. Nul ne peut t'espion-
ner tandis que tu vides le porte-monnaie que tu as
dérobé et fais disparaître cette pièce à conviction ;
moi-même, ton double, ton accompagnateur qui
t'attend ici, à la fois heureux et dépité, je ne pourrai
compter ce que tu as gagné.

C'est du moins ce que je pensais ; mais il n'en
fut rien. À peine avait-il refermé, de sa main fine,
la porte métallique, que je fus au courant de son
infortune comme si j'avais vidé avec lui le porte-
monnaie : la prise était misérable ! À la façon dont
il traînait les pieds, déçu, las, épuisé, et baissait les
yeux, la paupière lourde et pesante, je compris tout
de suite : pas de chance, tu as fait le robot toute la
matinée, mais en vain. Dans la bourse qu'il avait
volée, il n'y avait presque rien (c'était prévisible,
j'aurais pu te le dire), deux ou trois billets de dix
francs froissés dans le meilleur des cas – trop peu,
bien trop peu pour cette énorme dépense de travail

spécialisé et le péril encouru – même si c'était beaucoup, hélas, pour la malheureuse femme de ménage qui était sans doute en train, au même moment, de raconter pour la septième fois ce coup du sort aux voisines de Belleville accourues à son secours, et de maudire le misérable voyou en exhibant sans cesse, les mains tremblantes, le sac à provisions délesté de son porte-monnaie. Mais le voleur n'était pas riche non plus et pour lui aussi, je le compris soudain, ce butin était minable ; quelques minutes plus tard, ma supposition fut confirmée. Le miséreux qu'il était redevenu, sous l'effet de la fatigue physique et morale, resta en arrêt devant une petite boutique de chaussures, l'air songeur, examinant longuement les paires les moins chères. Des chaussures, il avait vraiment besoin de nouvelles chaussures pour remplacer les lambeaux de cuir qu'il avait aux pieds, elles lui étaient plus nécessaires qu'aux cent mille autres passants qui arpentaient ce jour-là le pavé de Paris avec de bonnes semelles intactes ; il en avait besoin pour exercer son métier interlope. Mais son regard affamé et en même temps désabusé trahissait que son butin n'était pas suffisant pour acheter la paire propre à cinquante-quatre francs brillant dans la vitrine ; les épaules basses, il s'éloigna du magasin et poursuivit sa route.

Continuer, mais pour aller où ? Recommencer cette chasse périlleuse ? Non, pauvre de toi, repose-toi au moins un peu. De fait, comme si

mon souhait s'était transmis à lui par magnétisme,
il s'engagea dans une ruelle et fit enfin halte devant
une petite cantine. Pour moi, il allait de soi que je
devais le suivre. Car je voulais tout savoir de cet
homme avec lequel je vivais depuis maintenant
deux heures, le cœur battant, dans un suspense
haletant. Par prudence, j'achetai au passage un
journal, afin de pouvoir me dissimuler derrière ;
puis, le chapeau enfoncé tout exprès sur le front,
j'entrai dans le troquet et m'assis à une table derrière lui. Précaution inutile : le pauvre homme
n'avait plus la force d'observer ce qui l'entourait.
Vidé, éreinté, il fixait d'un regard hébété les couverts blancs, et c'est seulement lorsque le garçon
apporta le pain que ses mains maigres et osseuses
se réveillèrent et s'en emparèrent avec avidité. À la
hâte avec laquelle il commença à mastiquer, je
compris tout, bouleversé : ce pauvre homme avait
faim, vraiment faim, honnêtement faim, depuis
le petit matin ou depuis la veille peut-être ; ma
compassion soudaine pour lui devint très vive
lorsque le garçon lui apporta la boisson qu'il avait
commandée : une bouteille de lait. Un voleur qui
boit du lait ! Ce sont toujours des petits détails
qui éclairent d'un coup, comme une allumette
enflammée, le tréfonds d'une âme ; à cet instant,
quand je le vis, lui, le pickpocket, boire la plus
innocente, la plus enfantine des boissons, du
lait blanc et doux, je cessai immédiatement de
voir en lui un voleur. Ce n'était plus qu'un des

innombrables pauvres, exclus, malades et infortunés de ce monde mal construit ; subitement, je me sentis lié à lui à un niveau beaucoup plus profond que celui de la curiosité. Dans toutes les formes de la condition terrestre qui nous sont communes, la nudité, le froid, le sommeil, la fatigue, la détresse du corps souffrant, les barrières qui séparent les hommes s'effacent, et les catégories artificielles qui distinguent les hommes justes et injustes, honorables et criminels se défont ; il ne reste que le pauvre animal de toujours, la créature terrestre qui a faim, qui a soif, qui a sommeil et qui est lasse comme toi et moi, comme nous tous. Je le regardais, fasciné, avaler le lait épais à petites gorgées prudentes, mais avides, et rassembler encore, pour finir, les miettes de pain dans sa main ; dans le même temps, j'avais honte de le regarder, j'avais honte de laisser cet infortuné, cet homme traqué, poursuivre, depuis deux bonnes heures déjà, son chemin obscur comme un cheval de course pour satisfaire ma curiosité, sans avoir tenté de l'arrêter ni de lui venir en aide. Je fus saisi par un désir puissant d'aller au-devant de lui, de lui parler, de lui offrir quelque chose. Mais comment faire ? Comment lui adresser la parole ? Je cherchai désespérément une excuse, un prétexte, et n'en trouvai aucun. Ainsi sommes-nous faits ! Au moment décisif, nous poussons le tact jusqu'à un point lamentable ; nous sommes audacieux en pensée mais terriblement dépourvus de courage lorsqu'il

s'agit de franchir la fine couche d'air qui nous
sépare d'autrui, même dans la détresse. Quoi de
plus difficile, nous le savons tous, que de venir en
aide à celui qui n'appelle pas au secours ? Son
silence, en effet, recèle sa dernière ressource, la
fierté, et il ne faut pas la blesser en se montrant
indiscret. Seuls les mendiants nous facilitent la
tâche ; nous devrions leur être reconnaissants de
ne pas nous barrer le chemin – mon homme, lui,
était de ces obstinés qui préfèrent mettre en péril
de la plus grave façon leur liberté personnelle que
de faire la mendicité, et volent plus volontiers
qu'ils n'acceptent une aumône. Ne serait-il pas
effrayé et blessé moralement si je m'insinuais
auprès de lui sous un prétexte quelconque, avec
maladresse ? De surcroît, sa fatigue était si grande
qu'il était en soi barbare de l'importuner. Il avait
poussé le siège tout contre le mur, et appuyait son
dos sur le dossier et sa tête contre la paroi ; il avait
fermé un instant ses paupières grises comme le
plomb : je compris, je sentis que son souhait le plus
vif aurait été de dormir à l'instant, dix minutes,
cinq minutes seulement. Sa fatigue et son épuisement m'affectaient physiquement. Cette pâleur
du visage n'était-elle pas l'ombre blanche d'une
cellule de prison blanchie à la chaux ? Et ce trou
dans la manche, révélé par chaque mouvement,
ne trahissait-il pas qu'aucune femme ne parta-
geait sa destinée, avec sollicitude et tendresse ? Je
tentai d'imaginer sa vie : une mansarde à quelque

sixième étage, un lit de fer pouilleux dans une chambre sans chauffage, une bassine cassée, une petite valise pour toute possession et, dans cette pièce étroite, l'angoisse d'entendre le pas lourd du policier qui gravit les marches en les faisant grincer ; je vis tout cela dans les deux ou trois minutes où il appuya contre le mur son corps maigre et osseux et sa tête légèrement vieillissante. Mais le garçon rassemblait déjà les fourchettes et les couteaux sales, d'un geste explicite : il n'aimait pas que les clients s'éternisent. Je payai le premier et sortis en hâte pour ne pas croiser son regard ; lorsqu'il sortit dans la rue, quelques minutes plus tard, je le suivis ; je ne voulais à aucun prix abandonner ce pauvre homme à lui-même.

Ce n'était plus, en effet, une curiosité ludique et nerveuse qui m'attachait à lui, comme dans la matinée, ce n'était plus l'envie amusée de découvrir un métier inconnu ; à présent, je ressentais jusque dans ma gorge une angoisse sourde, un sentiment terriblement oppressant, et ce poids devint étouffant lorsque je m'aperçus qu'il reprenait le chemin du boulevard. Mon Dieu, tu ne vas quand même pas retourner devant la vitrine aux singes ? Ne fais pas de bêtises ! Dis-toi bien que la femme a dû avertir la police depuis longtemps, elle t'attend certainement là-bas, prête à empoigner ton petit manteau fin. Et puis, de toute façon, tu as assez travaillé pour aujourd'hui ! Pas de nouvelle tentative, tu n'es pas en forme. Tu n'as plus de

force en toi, plus de ressort, tu es fatigué ; en art,
ce qu'on fait sous le coup de la fatigue n'est jamais
une réussite. Repose-toi plutôt, va te mettre au
lit, mon pauvre ! Arrête pour aujourd'hui, c'est fini
pour aujourd'hui ! Je ne saurais expliquer pourquoi une angoisse m'étreignit : la certitude proprement hallucinatoire qu'il allait se faire prendre dès
sa première tentative. Mon inquiétude fut toujours
plus vive à mesure que nous approchions du boulevard ; on entendait déjà le vacarme de son éter-
nelle cataracte. Non, pour rien au monde tu ne
dois revenir devant la vitrine, je ne le tolérerai pas,
espèce d'imbécile ! J'étais déjà derrière lui, prêt à
l'attraper par le bras, à le retenir. Mais, comme s'il
avait une nouvelle fois entendu l'ordre que je lui
intimais en mon for intérieur, mon homme tourna
les talons sans prévenir. Dans la rue Drouot, per-
pendiculaire au boulevard, il traversa la chaussée
et se dirigea vers un immeuble d'un pas soudain
assuré, comme s'il y habitait. Je reconnus tout de
suite ce lieu : c'était l'hôtel Drouot, la fameuse
maison de ventes parisienne.

Pour la je ne sais combientième fois, cet homme
surprenant m'avait pris de court. En cherchant à
deviner sa vie, je percevais sans doute en lui une
force qui rencontrait mes attentes les plus secrètes.
Parmi les cent mille édifices de Paris, la ville étrangère, j'avais justement le projet, ce matin-là, de
me rendre précisément dans ce lieu ; c'est là que
j'avais connu, à chaque fois, les moments les plus

excitants, les plus instructifs et en même temps les plus amusants. Plus vivant qu'un musée et, certains jours, aussi riche en trésors, en perpétuelle métamorphose, toujours différent, toujours pareil à lui-même, j'aime l'hôtel Drouot, extérieurement si insignifiant ; c'est pour moi une des plus belles scènes où l'on peut voir, dans un raccourci saisissant, la vie parisienne dans toute sa matérialité. Ce qui forme, dans les murs clos d'un appartement, un tout organique, est disséminé ici en mille morceaux épars, découpé comme, dans une boucherie, la dépouille d'une bête énorme ; les objets les plus hétéroclites et les plus mal assortis, le Saint des saints et le comble de la banalité sont ici unis par le plus universel de tous les liens : tout ce qui est exposé doit rapporter de l'argent. Le lit et le crucifix, le chapeau et le tapis, la pendule et les ustensiles de toilette, les statues de marbre de Houdon et les couverts de tombac, les miniatures persanes et les étuis à cigarettes en argent, les vélos rouillés et les premières éditions de Paul Valéry, les gramophones et les madones gothiques, les tableaux de Van Dyck et les barbouillages crasseux, les sonates de Beethoven et les poêles cassés, le nécessaire et le superflu, le kitsch le plus minable et l'art le plus raffiné, le grand et le petit, le vrai et le faux, l'ancien et le nouveau, tout ce que la main et l'esprit de l'homme ont jamais pu créer, le sublime et le grotesque affluent dans cette cornue à enchères, qui attire à elle et recrache toutes les

valeurs de cette gigantesque ville avec une indifférence cruelle. Dans ce comptoir où elles sont impi-
toyablement changées en monnaie et en chiffres,
dans ce marché aux puces géant des vanités et des
nécessités humaines, dans ce lieu fantastique, on
sent plus vivement que partout ailleurs la variété
étourdissante de notre monde matériel. Ceux
qui sont dans le besoin peuvent tout vendre ici, et
les possédants tout acheter ; on ne se procure pas
seulement des objets, mais aussi des idées et des
savoirs. En regardant et en écoutant, le curieux
peut parfaire ici ses connaissances dans tous
les domaines, l'histoire de l'art, l'archéologie, la
bibliophilie, la philatélie, la numismatique et, surtout, la science des hommes. Les races et les classes
d'hommes qui se pressent ici autour des tables
d'enchères, curieux et avides d'acheter, les yeux
troublés par la passion des affaires, par la manie de
la collection et son feu mystérieux, ne sont pas
moins nombreuses ni moins diversifiées, en effet,
que les objets passant, dans ces salles, de main en
main, et dégagées pour un instant seulement des
servitudes de la propriété. On voit là les grands
marchands en pardessus de fourrure, au chapeau
melon soigneusement brossé, à côté de petits brocanteurs crasseux et de marchands de bric-à-brac
de la rive gauche, qui veulent remplir leur échoppe
à vil prix, les petits profiteurs et les intermédiaires,
les agents, ceux qui achètent au prix de réserve, les
*raccailleurs**, les inévitables hyènes du champ de

bataille, qui se ruent sur les objets vendus à bas prix ou font monter les enchères en échangeant des regards complices quand un collectionneur a l'air vraiment intéressé par une pièce valable. Des bibliothécaires parcheminés se promènent ici les lunettes sur le nez comme des tapirs à demi assoupis, puis on assiste à l'arrivée bruyante d'oiseaux de paradis multicolores, dames très élégantes à colliers de perles, qui ont envoyé leurs laquais garder une place au premier rang, tout près du comptoir d'enchères ; dans un coin, silencieux et le regard discret, les vrais connaisseurs, la franc-maçonnerie des collectionneurs, font le pied de grue. Au milieu de cette assistance mêlée venue pour les affaires, par curiosité ou par amour de l'art et intérêt sincère, évolue constamment la masse aléatoire des simples curieux venus se chauffer gratuitement ou attirés par les cascades de chiffres étincelants. Tous ceux qui se retrouvent ici sont cependant mus par un objectif, la collection, le jeu, le gain, la possession ou simplement la chaleur, l'occasion de se réchauffer dans la chaleur des autres ; et le chaos humain qui se presse ainsi se répartit et s'ordonne en une multitude invraisemblable de physionomies. Il est cependant une espèce que je n'avais jamais repérée dans ce lieu, n'imaginant pas qu'elle pouvait y être représentée : la guilde des pickpockets. Quand je vis mon ami s'introduire ici avec un instinct sûr, je réalisai pourtant que c'était là l'endroit idéal pour pratiquer son grand art, peut-être même la meilleure adresse de Paris. Fait unique, on y trouve réunies toutes les conditions indispensables : une cohue épouvantable, à la limite du supportable et, présupposé absolument nécessaire, de quoi détourner l'attention – l'envie de voir, d'attendre, d'enchérir. Troisièmement, une maison de ventes n'est pas seulement un champ de courses ; c'est peut-être l'ultime lieu, dans notre monde actuel, où les achats doivent être réglés en liquide. Par suite, chaque manteau y est susceptible d'abriter la douce protubérance d'un portefeuille bien rempli. C'est l'occasion ou jamais pour les griffes agiles et, j'en prenais conscience à présent, le petit exercice du matin n'avait sans doute été pour mon ami qu'une mise en jambes. C'est ici qu'il se préparait à réaliser son coup de maître.

Pourtant, je faillis le retenir par la manche en le voyant gravir négligemment l'escalier qui menait au premier étage. Diable, ne vois-tu pas le panneau en trois langues : BEWARE OF PICKPOCKETS ! – ATTENTION AUX PICKPOCKETS ! – ACHTUNG VOR TASCHENDIEBE ? Ne vois-tu donc rien, espèce de tête brûlée ? On connaît bien ici les gens de ton espèce, des dizaines de vigiles sont certainement postés dans la foule et, encore une fois, aujourd'hui, tu n'es pas en forme. Jetant un regard froid sur le panneau apparemment bien connu de lui, mon homme, parfaitement maître de la situation, montait tranquillement les marches. En soi, cette tactique ne pouvait que rencontrer mon approbation. Dans les salles du bas, en effet, n'étaient vendus que les équipements de base, les installations domestiques, les coffres et les armoires ; c'est là que se presse et s'agite la masse improductive et sans grâce des brocanteurs qui attachent peut-être leur besace autour de leur ceinture et qu'il serait vain et déconseillé de chercher à détrousser. Les poches sont certainement mieux remplies et les clients plus distraits dans les salles du premier étage, où sont vendus les objets les plus raffinés, les tableaux, les bijoux, les manuscrits, les parures.

J'eus de la peine à suivre mon ami, car il se faufilait entre l'entrée principale et chacune des salles, dont il ressortait après en avoir fait le tour, mesurant ses chances ; il lisait les panneaux d'annonce avec la patience et la curiosité d'un gourmet qui découvre un menu spécial. Pour finir, il se décida pour la salle n° 7, où était proposée *la célèbre collection de porcelaines chinoises et japonaises de Mme la comtesse Yves de G.*. Sans doute dispersait-on là des pièces extrêmement précieuses, car une foule considérable se pressait : depuis l'entrée, on ne distinguait plus le comptoir d'enchères, entièrement dissimulé derrière les manteaux et les chapeaux. Un mur humain compact de vingt ou trente rangs interdisait tout accès à la longue table verte ; depuis notre place, à l'entrée, on pouvait cependant observer la gestuelle comique du

commissaire-priseur qui, depuis son pupitre sur-
élevé, le marteau blanc crème à la main, diri-
geait tout le jeu de la vente comme un chef
d'orchestre et ménageait de longues pauses
angoissantes avant de reprendre à chaque fois
prestissimo. Cet homme qui habitait sans doute,
comme tant d'autres petits employés, quelque
part à Ménilmontant ou dans un autre faubourg,
un deux-pièces avec cuisinière à gaz, et possédait
peut-être un gramophone pour bien le plus précieux, et quelques pélargoniums à la fenêtre, avait
ici tous les jours, trois heures durant, vêtu d'un
élégant smoking, les cheveux soigneusement
gominés et partagés par une raie, le plaisir inouï de
pouvoir changer en argent, avec un petit marteau,
les valeurs les plus précieuses de Paris, devant un
public prestigieux ; il en éprouvait une satisfaction
visible. Avec le sourire travaillé d'un acrobate, il
attrapait gracieusement au vol, comme des balles
de couleur, les différentes offres, à gauche et à
droite, devant la table et au fond de la salle – « six
cents, six cent cinq, six cent dix » – et renvoyait les
mêmes chiffres pour ainsi dire sublimés, les
voyelles arrondies et les consonnes bien séparées.
Dans l'intervalle, il jouait les hôtesses de cabaret
et demandait avec un sourire séducteur, quand
une offre restait sans suite et que le tourbillon de
chiffres s'interrompait : « Personne à droite ? Personne à gauche ? » ; ou bien il menaçait, fronçant
une petite ride dramatique entre les sourcils et

levant de la main droite le marteau d'ivoire fatal : « J'adjuge » ; ou bien encore il lâchait en riant un « *Voyons, messieurs, ce n'est pas du tout cher** ». Entre-temps, il saluait d'un air entendu quelques personnes de sa connaissance, faisait un clin d'œil à des enchérisseurs pour les encourager ; il introduisait chaque nouvelle pièce de la vente en énonçant sèchement une donnée objective et nécessaire, « le numéro 33 », puis, au fur et à mesure que le prix montait, sa voix de ténor adoptait volontairement un ton plus dramatique. Il prenait un plaisir manifeste à tenir en haleine, trois heures durant, trois ou quatre cents personnes qui fixaient avidement, en retenant leur souffle, ses lèvres et le petit marteau magique qu'il tenait à la main. L'illusion trompeuse qui lui attribuait la décision ultime alors qu'il n'était que l'instrument des offres amenées par le hasard lui donnait une assurance grisante ; il déployait ses voyelles comme un paon fait la roue, ce qui ne m'empêcha pas de constater en mon for intérieur que, du point de vue de mon ami, tous ses gestes outrés remplissaient seulement la même fonction de diversion nécessaire que les trois petits singes grotesques de la matinée.

Dans un premier temps, mon vaillant ami ne put tirer avantage de cette assistance complice, car nous étions toujours désespérément bloqués au dernier rang ; toute tentative pour avancer jusqu'au comptoir d'enchères à travers cette masse

humaine compacte, chaude et résistante, semblait
parfaitement vaine. Mais je me rendis compte une
fois encore que je n'étais qu'un dilettante et un
novice dans ce métier captivant. Mon camarade,
en maître et technicien avisé, savait depuis belle
lurette que c'était toujours au moment du coup de
marteau final – «sept mille deux cent soixante»,
jubilait la voix de ténor –, dans un bref instant de
relâchement, qu'une faille apparaissait. Les têtes
échauffées retombaient, les marchands notaient
les prix dans le catalogue, un curieux, ici ou là,
s'éloignait, la foule oppressée respirait un instant.
C'est le moment qu'il mettait à profit, avec une
rapidité géniale, pour s'avancer, tête baissée, telle
une torpille. Il se fraya d'un coup un passage à
travers quatre ou cinq rangées et moi qui m'étais
bien juré de ne pas abandonner à lui-même cet
imprudent, je me retrouvai soudain seul. Je tentai
moi aussi de m'imposer, mais la vente reprenait
déjà et le mur se referma. Je restai au cœur de la
mêlée, désemparé, comme une charrette dans un
bourbier. Chaude, collante, la pression était épouvantable; derrière moi, devant moi, à gauche, à
droite, des corps, des vêtements, dans une telle
promiscuité que la moindre toux d'un voisin
me faisait vaciller. De surcroît, l'air était irrespi-
rable, une odeur de poussière, humide et âcre,
et surtout de transpiration, comme chaque fois
que de l'argent est en jeu; bouillant, écumant, je
tentai d'ouvrir mon pardessus pour attraper un

mouchoir. En vain ; j'étais trop à l'étroit. Pourtant, pourtant, je ne m'avouais pas vaincu, je franchis un rang, puis un autre, lentement mais sûrement. Trop tard ! Le petit manteau jaune canari s'était volatilisé. Il se tenait quelque part dans la foule, invisible, nul en dehors de moi ne se doutant de sa présence et des périls attachés à celle-ci ; tous mes nerfs tremblaient d'une angoisse mystique, la peur qu'un destin épouvantable s'abattît aujourd'hui sur ce pauvre diable. À tout instant, je m'attendais à ce que quelqu'un se mît à crier « Au voleur ! », à ce qu'un tumulte éclatât, une altercation, qu'on le saisît par les deux manches de son petit manteau – je ne peux expliquer pourquoi s'insinua en moi la cruelle certitude qu'aujourd'hui, aujourd'hui pré-cisément, son coup échouerait.

Pourtant, rien de tel ne se produisit ; on n'enten-dit pas de cri, pas de hurlement ; au contraire, le brouhaha, les piétinements et le vacarme s'inter-rompirent d'un coup. Soudain, un étrange silence se fit, comme si on avait fait signe à ces deux ou trois cents personnes de retenir leur souffle ; tous fixaient à présent avec une attention redoublée le commissaire-priseur, qui recula d'un pas sous le candélabre, éclairant son front d'une lumière parti-culièrement solennelle. Le clou de la vente venait de faire son entrée : un vase gigantesque dont l'empe-reur de Chine avait personnellement fait présent au roi de France trois siècles plus tôt, par l'envoi d'une ambassade, et qui avait mystérieusement disparu de Versailles au moment de la Révolution, comme tant d'autres biens. Quatre grooms en livrée tenaient au-dessus de la table le précieux objet – avec la panse d'un blanc lumineux veiné de bleu, en prenant des précautions particulières et démonstratives. Après avoir toussoté cérémonieusement, le commissaire-priseur annonça la mise à prix : « Cent trente mille francs ! Cent trente mille francs ! » Ce chiffre consacré par de nombreux zéros fut accueilli dans un silence respectueux. Personne n'osa enchérir immédiatement, ni prononcer une parole, ni même remuer le pied ; la masse humaine agglutinée, dense et brûlante, ne formait plus qu'un seul bloc figé par le respect. Enfin, un petit monsieur chenu placé à l'extrémité gauche de la table leva la tête et dit en hâte, d'une voix faible et presque embarrassée : « Cent trente-cinq mille » ; le commissaire-priseur répliqua d'un ton décidé : « Cent quarante mille. »

Un jeu excitant commença alors : le représentant d'une grande maison de ventes américaine se contentait de lever le doigt pour faire à chaque fois grimper les enchères de cinq mille francs, comme une horloge électrique ; à l'autre bout de la table, le secrétaire personnel d'un grand collectionneur (dont on murmurait le nom à voix basse) lui tenait tête avec vigueur ; peu à peu, la vente se transforma en dialogue entre les deux enchérisseurs placés de part et d'autre et qui refusaient obstinément de se regarder : tous deux se contentaient de communiquer avec le commissaire-priseur visiblement satisfait. À la fin, à deux cent soixante mille, l'Américain cessa de lever le doigt ; le chiffre annoncé resta suspendu dans les airs comme un son figé. L'émoi était à son comble, et le commissaire-priseur répéta quatre fois : «Deux cent soixante mille…» Il lançait le chiffre dans les airs comme un faucon lâché sur une proie. Puis il attendit, regarda attentivement à droite et à gauche, et dit avec une légère déception (il aurait aimé que le jeu continue !) : «Qui dit mieux ?» Silence. «Qui dit mieux ?» Sa voix était presque désespérée. Le silence se mit à vibrer, comme une corde qui ne rend pas de son. Il leva doucement le marteau. Trois cents cœurs s'arrêtèrent de battre : «Deux cent soixante mille francs une fois… deux fois…»

Le silence avait envahi la salle muette qui ne formait plus qu'un seul bloc ; chacun retenait son souffle. Avec une solennité presque religieuse, le commissaire-priseur tenait le marteau d'ivoire levé au-dessus de la foule interdite. Il menaça une nouvelle fois : «J'adjuge.» Rien ! Pas de réponse. «Trois fois.» Le marteau tomba d'un coup sec et méchant. Terminé ! Deux cent soixante mille francs ! Le mur humain trembla et se brisa sous ce petit coup sec, les visages se distinguèrent de nouveau et reprirent vie, tout le monde bougea, respira, cria, gémit, toussa. La foule agglutinée remua et s'étira comme un seul corps, une vague d'excitation la parcourut, comme une poussée partout répercutée.

Je ressentis moi aussi cette poussée : un coude étranger venait de heurter ma poitrine. J'entendis murmurer : « Pardon, monsieur. » Je sursautai. Cette voix ! Quel miracle charmant, c'était lui, qui m'avait tant manqué, que j'avais longtemps cherché : la vague, en retombant, l'avait renvoyé auprès de moi – quel heureux hasard ! Dieu soit loué, il était de nouveau tout proche, j'allais pouvoir enfin le surveiller de près et le protéger. Bien entendu, je m'abstenais de le regarder en face ; je l'observais discrètement d'un regard oblique, et je ne fixais pas son visage mais ses mains, son outil de travail. Or, curieusement, elles avaient disparu : je remarquai qu'il avait placé les deux manches intérieures de son manteau contre son giron et rétracté ses mains sous la bordure protectrice comme quelqu'un qui a froid, les dérobant ainsi à la vue. Lorsqu'il allait porter la main à sa victime, celle-ci ne sentirait rien d'autre que le contact fortuit d'une étoffe douce et inoffensive ; la main du voleur, prête à bondir, était cachée sous la manche comme la griffe d'un chat sous sa patte de velours. Remarquable, me dis-je avec admiration. Mais qui était visé par cette ruse ? Je regardai prudemment à sa droite, où se tenait un homme maigre vêtu d'un pardessus boutonné jusqu'en haut et, devant lui, un autre homme au dos large et imprenable ; je ne comprenais pas comment il comptait réussir

des travaux d'approche de ce côté-là. Je sentis
alors une légère pression sur mon genou et l'idée
me vint brutalement – elle me parcourut comme
un frisson glacial – que ces préparatifs, en fin de
compte, visaient ma propre personne. Insensé, tu
veux t'en prendre au seul qui, dans cette salle, sait
qui tu es ? Tu veux exercer tes talents – ultime
leçon, troublante entre toutes ! – directement sur
moi ? Il me semblait que c'était bien moi qui étais
visé ; c'était moi, moi précisément que cet incorri-
gible oiseau de malheur avait pris pour cible, moi,
son ami en pensée, le seul à reconnaître la profon-
deur de son métier !

Oui, à n'en pas douter, c'était moi qu'il visait,
je ne pouvais en douter plus longtemps : je sentais
déjà le coude étranger se presser contre mon
flanc, aucune méprise n'était possible, pouce par
pouce, la manche dissimulant la main s'avançait,
sans doute pour s'immiscer adroitement entre
mon pardessus et ma veste dès que la cohue serait
parcourue d'un mouvement brusque. Il aurait
suffi, à vrai dire, d'un petit geste de réaction pour
me mettre à l'abri ; j'aurais pu faire un pas de côté
ou refermer mon manteau, mais, curieusement,
je n'en avais plus la force, car tout mon corps
était hypnotisé par l'excitation et l'attente. Tous
mes muscles, tous mes nerfs étaient bloqués,
comme pris dans la glace et, tout en retenant mon
souffle, en proie à un émoi extrême, je réfléchis
rapidement à la somme que j'avais dans mon

portefeuille ; en songeant à celui-ci, je sentis sa chaude et paisible pression sur ma poitrine (chaque partie de notre corps devient très sensible dès qu'on pense à elle, chaque dent, chaque doigt de pied, chaque nerf). Il était donc encore en place pour l'instant et, ainsi prémuni, je pouvais affronter l'attaque sans difficulté. Mais, de façon étrange, j'ignorais si je souhaitais cette attaque ou non. Mes sentiments étaient extrêmement troubles et comme contradictoires. D'un côté, je souhaitais que cet insensé abandonnât la partie, mais, d'un autre côté, j'attendais son coup de maître, le geste décisif, avec la même tension terrible que, chez le dentiste, la roulette se rapprochant du point douloureux. Comme pour me punir de ma curiosité, lui prenait tout son temps avant de passer à l'acte. Il s'immobilisait sans cesse ; mais il restait tout près de moi. Centimètre après centimètre, avec circonspection, il se rapprochait et, bien que ma perception fût entièrement tournée vers ce contact insistant, j'entendais au même moment, de façon parfaitement nette, avec un autre de mes sens, les enchères de la vente monter : « Trois mille sept cent cinquante... Qui dit mieux ? Trois mille sept cent soixante... sept cent soixante dix... sept cent quatre-vingt... qui dit mieux ? Qui dit mieux ? » Le marteau tomba. Un léger soupir de détente se propagea dans la masse dès que l'enchère fut prononcée et, au même moment, je sentis cette vague arriver jusqu'à moi. Ce n'était pas vraiment un geste de la main, plutôt quelque chose comme l'avancée d'un serpent, le souffle d'un corps qui glissait, si léger et si rapide que jamais je ne l'aurais perçu si, dans la zone menacée, toute ma curiosité n'avait pas été en éveil ; mon manteau marqua seulement un pli, comme si, par hasard, une brise avait soufflé sur lui, je sentis quelque chose de doux comme la caresse d'un oiseau et...

Soudain, il se produisit ce que je n'attendais pas : ma propre main se releva brusquement et saisit la main étrangère qui s'était insinuée sous mon manteau. Je n'avais aucunement prévu ce geste de défense brutal. Ce fut un réflexe musculaire qui me prit moi-même de court. J'avais brandi la main de manière automatique, par un réflexe de défense purement physique. À présent, à mon grand étonnement et à mon grand effroi, mon poing tenait par le poignet une main étrangère, froide et tremblante : non, jamais je n'avais voulu une chose pareille !

Cette seconde fut indescriptible. J'étais complètement paralysé d'effroi à l'idée de tenir de force un morceau vivant de la chair glacée de quelqu'un d'autre. Lui aussi était pétrifié de peur. Je n'avais ni la force ni la présence d'esprit de lâcher sa main et lui n'avait ni le courage ni la présence d'esprit de la retirer. « Quatre cent cinquante... quatre cent soixante... quatre cent soixante-dix... », énonçait le commissaire-priseur d'une voix pathétique, depuis son estrade – je tenais toujours la main du voleur, tremblante et glacée. « Quatre cent quatre-vingts… quatre cent quatre-vingt-dix… » ; personne n'avait encore remarqué ce qui se jouait entre nous, nul ne se doutait de la tension fatale et terrible qui unissait ces deux êtres : cette bataille qui ne disait pas son nom ne se déroulait qu'entre nous deux, entre nos nerfs horriblement tendus. « Cinq cents… cinq cent dix… cinq cent vingt… », les chiffres fusaient toujours plus vite, « cinq cent trente… cinq cent quarante… cinq cent cinquante… » Enfin – tout cela n'avait guère duré plus de dix secondes – je repris mon souffle. Je lâchai la main. Elle se rétracta immédiatement et disparut dans la manche du petit manteau jaune.

« Cinq cent soixante… cinq cent soixante-dix… cinq cent quatre-vingts… six cents… six cent dix… », le fracas des chiffres continuait toujours, et nous étions encore l'un à côté de l'autre, complices d'un forfait mystérieux, paralysés tous deux par le même événement. Je sentais encore la chaleur de son corps tout contre le mien et lorsque, la tension retombant, mes genoux pétrifiés se mirent à trembler, il me sembla que ce léger frisson se transmettait aux siens. « Six cent vingt… trente… quarante… cinquante… soixante… soixante-dix… », les chiffres caracolaient toujours plus haut, et nous restions encore interdits, enchaînés l'un à l'autre par l'anneau d'acier de la peur. Finalement, je trouvai au moins la force de tourner la tête et de le regarder. Au même instant, il tourna son regard vers moi. Je rencontrai ses yeux. Pitié, pitié ! Ne me dénoncez pas ! semblaient implorer ces petits yeux humides ; toute l'angoisse de son âme oppressée, l'angoisse primitive de la créature, jaillissait de ces pupilles gonflées, et la petite barbe tremblait elle aussi sous l'effet de cette terreur violente. Je ne pouvais distinguer que ces yeux écarquillés, le visage était défiguré par l'expression d'une épouvante inouïe. Jamais je n'avais vu une telle peur chez un être humain, et jamais je ne l'ai revue depuis. Je ressentis une honte indicible face à l'homme qui levait vers moi un regard si servile, si canin, comme si j'avais pouvoir de vie et de mort. Sa peur m'avilissait ; confus, je détournai les yeux.

Mais il avait compris. Il savait que je ne le dénoncerais jamais ; cela lui rendit ses forces. D'un geste sec, il dégagea son corps du mien, je sentis qu'il voulait se détacher de moi pour toujours. Ce fut d'abord le genou collé contre le sien qui se libéra en bas ; puis mon bras sentit se défaire la chaude pression du sien, et soudain – ce fut comme si une part de moi s'était volatilisée – le vide se fit à côté de moi. Mon compagnon infortuné avait plongé et quitté les lieux. D'abord, je respirai, avec le sentiment de retrouver mon espace vital. Un instant plus tard, cependant, je m'inquiétai : le pauvre, que va-t-il devenir maintenant ? Il a besoin d'argent, et moi, je voudrais le remercier pour ces heures de suspense, moi, son complice malgré moi, je voudrais l'aider ! Je me hâtai à sa suite. Mais hélas ! Cet oiseau de malheur ne comprit pas mes bonnes intentions et prit peur en me voyant accourir de loin. Avant que j'aie pu lui faire un signe rassurant, le petit manteau jaune canari, désormais inaccessible, dévalait déjà les escaliers pour rejoindre la rue et ses flots de passants ; mon enseignement prit fin aussi inopinément qu'il avait commencé.

La vieille dette

Dear old Ellen,

Tu seras sûrement bien étonnée de recevoir une
lettre de moi après tant d'années ; la dernière fois
que je t'ai écrit doit bien remonter à cinq ou six
ans. Je crois que c'était pour t'envoyer mes bons
vœux à l'occasion du mariage de ta fille cadette.
Cette fois-ci, l'occasion est moins solennelle, et
peut-être ce besoin de t'écrire pour te faire, à toi
précisément, la confidence d'une rencontre peu
ordinaire, te semblera-t-il un peu étrange. Mais ce
qui m'est arrivé il y a quelques jours, tu es bien la
seule à qui je puisse le raconter. Toi seule peux le
comprendre.

Ma plume s'arrête à l'instant où j'écris ces mots.
Je ne peux retenir un léger sourire : ne nous
sommes-nous pas mille fois dit ces mêmes mots
« Toi seule peux le comprendre » quand, gamines de
quinze ou seize ans, immatures et exaltées, nous
échangions nos secrets puérils sur les bancs de la

classe ou en rentrant de l'école ? Et n'avons-nous pas alors, dans nos vertes années, échangé le serment solennel de nous révéler mutuellement tout, absolument tout, dans le moindre détail, ce que nous apprendrions au sujet d'une certaine personne ? Cela remonte aujourd'hui à un bon quart de siècle, mais un serment, c'est sacré. Tu verras que, même avec du retard, je tiens fidèlement parole.

Voici comment la chose s'est passée. J'avais eu une année particulièrement pénible et éprouvante. Mon mari avait été nommé chef de service dans le grand centre hospitalier de R., j'avais dû assurer seule le déménagement ; entre-temps, ma fille avait suivi mon gendre en déplacement professionnel au Brésil en nous laissant la garde de leurs trois enfants, qui, l'un après l'autre, me firent une scarlatine, requérant tous mes soins anxieux… Le dernier à peine remis sur pied, survint le décès de la mère de mon mari. Toutes ces épreuves surgirent presque en même temps. Je crus d'abord avoir surmonté bravement la tempête, mais sans doute lui avais-je payé un tribut plus lourd que je n'en avais eu conscience, car un beau jour, après m'avoir longuement observée en silence, mon mari me dit : « Je crois, Margaret, maintenant que les enfants sont tirés d'affaire, que tu devrais t'occuper un peu de ta santé. Tu as l'air exténuée après toutes ces épreuves auxquelles tu as dû faire face. Deux ou trois semaines à la campagne dans un bon sanatorium te feraient le plus grand bien. »

Mon mari avait raison, j'étais à bout de forces, plus que je ne voulais me l'avouer. En effet, parfois, quand je recevais – et nous recevions et sortions beaucoup depuis que mon mari avait pris en charge ce poste –, au bout d'une heure, je n'arrivais plus à suivre la conversation ; de plus en plus fréquemment, j'oubliais d'accomplir les tâches domestiques les plus habituelles, et le matin, je devais me faire violence pour me lever. Son regard de médecin, de mari attentif, avait fait le bon constat en diagnostiquant chez moi un surmenage physique et nerveux. J'avais simplement besoin d'une quinzaine de jours de vrai repos : deux semaines sans avoir à songer à la cuisine, au linge, aux réceptions, aux tâches quotidiennes d'une maîtresse de maison, deux semaines pour me retrouver, vivre pour moi-même, ne plus être uniquement mère, grand-mère, ne plus avoir la charge des décisions domestiques, ni du rôle d'épouse d'un chef de clinique. Par hasard, ma sœur, qui était veuve, se trouvait justement disponible pour s'installer chez nous ; ainsi, elle s'occuperait de tout en mon absence : j'abandonnai tout scrupule à suivre le conseil de mon mari et, pour la première fois en vingt-cinq ans, à m'absenter seule de mon foyer. Si bien que j'attendais avec une certaine impatience et une joie anticipée ces vacances qui me rendraient mon énergie perdue. Sur un seul point, je refusai de me conformer à l'avis de mon mari : je repoussai l'idée de récupérer mes forces dans un sanatorium dont il avait déjà prévu le choix, le directeur étant l'un de ses amis de jeunesse. Mais voilà : dans cet endroit, il y aurait encore des gens, des connaissances, ce qui m'obligerait à des politesses, à des civilités. Or je ne désirais rien d'autre que jouir de ma solitude, passer quinze jours avec des livres, faire des promenades, rêvasser, et dormir tout mon soûl, quinze jours sans téléphone et sans radio, quinze jours de silence, quinze jours à me consacrer entièrement à moi-même, en quelque sorte. Inconsciemment, depuis des années, je n'avais rien tant désiré que ce silence, ce repos complets.

Je me souvins alors de Bozen[1], ville dans laquelle mon mari, les premières années de notre mariage, exerçait comme assistant et où, un jour, j'avais fait une escalade de trois heures jusqu'à un petit village perdu là-haut dans les montagnes. Il y avait là, face à l'église, sur la minuscule place du marché, l'une de ces auberges rustiques qu'on rencontre souvent dans le Tyrol, aux murs de gros blocs de pierre montés directement de plain-pied, le premier niveau, sous la toiture de bois, largement couvrante, abritant une véranda spacieuse tapissée de vigne vierge, laquelle, en cette saison – on était en automne –, flamboyait sur toute la maison comme un incendie qui aurait dispensé de la fraîcheur. À

---

1. Bozen est le nom autrichien de la ville italienne de Bolzano, dans le Tyrol du Sud.

sa gauche et à sa droite, elle était flanquée de maisonnettes et de larges fenils, comme gardée par de bons chiens fidèles ; l'auberge, elle, offrait au passant toute la largeur de sa façade et, sous les nuages nonchalants de l'automne, donnait sur le panorama illimité des montagnes.

Devant cette petite auberge, à l'époque, j'étais restée fascinée, prise d'un coup de cœur. Tu connais sûrement cette impression qu'on a parfois, en sortant du train, ou au cours d'une excursion, à la vue d'une maison dont on se dit au premier coup d'œil : Ah, comme il ferait bon vivre ici ! C'est ici qu'on voudrait habiter. Je crois que tout le monde a été un jour le jouet de cette pensée, et lorsqu'on s'est attardé à contempler une maison avec ce désir secret, avec cette pensée que ce serait là la maison du bonheur, je crois qu'alors chaque trait de son image sensible s'imprime profondément dans la mémoire. Des années durant, j'ai gardé le souvenir des bacs de fleurs rouges et jaunes à ses fenêtres, de sa galerie de bois à l'étage où, ce jour-là, le linge de maison flottait au vent comme des drapeaux multicolores, de ses volets peints – un décor jaune sur fond bleu –, des petits cœurs taillés à jour dans leur bois, et le nid de cigogne perché au sommet de son pignon. Parfois, quand j'avais le cœur lourd, cette maison me revenait en mémoire. Être là-bas, fût-ce un seul jour, songeai-je à peine consciente de ma pensée, la sachant irréalisable. N'était-ce pas soudain l'occasion toute trouvée de réaliser cet ancien désir presque enseveli ? N'était-ce pas l'endroit rêvé pour des nerfs ébranlés, cette maison bariolée dans la montagne, cette auberge épargnée par toutes les commodités importunes de notre époque, sans téléphone, sans radio, sans amis à recevoir, sans formalités. À la seule évocation de ce souvenir, je croyais respirer l'air vif et aromatique de la montagne et entendre au loin les sonnailles des vaches dans les prés. Rien qu'à évoquer ce souvenir, je sentais revenir mon courage et ma santé. C'était là une de ces idées que l'on croit impromptues, qui semblent vous venir sans raison, quand, en réalité, elles sont le surgissement de désirs longtemps réprimés, qui attendent souterrainement leur heure. Mon mari, qui ignorait combien de fois j'avais rêvé de cette simple maison que je n'avais vue qu'une fois tant d'années plus tôt, sourit un peu, mais il me conseilla de me renseigner. Les aubergistes répondirent que les trois chambres d'hôte étaient inoccupées et que je pouvais choisir la mienne à mon gré. Quelle chance, me dis-je : pas de voisins, pas de conversation à soutenir, et je partis par le premier train de nuit. Le lendemain matin, une petite carriole à cheval me transporta ainsi que mon léger bagage, gravissant au petit trot la pente vers le haut du mont.

Je trouvai tout parfaitement conforme à mes désirs. La chambre pimpante, claire, avec ses meubles simples en bois d'arolle, le pin des Alpes ;

depuis la véranda qui, en l'absence d'autres hôtes, était à mon entière disposition, j'avais vue sur les plans les plus lointains du paysage. Dans la cuisine, étincelante de propreté, étrillée et brossée avec zèle, mon coup d'œil de bonne ménagère me convainquit que de ce côté-là aussi, tout serait pour le mieux. L'aubergiste, une aimable Tyrolienne, femme sèche aux cheveux gris, me renouvela l'assurance que je n'avais aucunement à redouter d'être dérangée, incommodée par les clients. Chaque soir, après 7 heures, le secrétaire de mairie, le commandant de gendarmerie et quelques autres venaient en voisins à l'auberge boire leur chope de vin, jouer aux cartes et bavarder. Mais c'étaient des gens tranquilles et ils rentraient chez eux vers les 11 heures. Le dimanche, à la sortie de l'église, et parfois aussi l'après-midi, le volume sonore s'amplifiait un peu parce que les villageois descendaient à l'auberge depuis les fermes et les collines alentour. Mais je ne les entendrais guère depuis ma chambre.

La lumière du jour était trop belle pour que je m'enferme dans ma chambre. Je rangeai les quelques affaires que j'avais emportées, me fis donner un peu de bon pain de campagne, du pain de seigle, et quelques tranches de viande froide et me mis en marche à travers champs en m'éloignant toujours plus haut. Tout s'offrait à moi en toute liberté, la vallée et son torrent écumant, la couronne des glaciers, libres comme je l'étais moi-même. Je sentais le soleil me pénétrer la peau. Je marchai et marchai toujours, une heure, deux heures, trois heures, jusqu'aux plus hauts des alpages. Là, je m'étendis sur la mousse tendre et tiède et sentis, dans le bourdonnement des abeilles et le bruissement des caresses du vent, qu'une paix profonde s'installait en moi, celle à laquelle j'aspirais depuis si longtemps. Je fermai les yeux de bien-être, rêvassant, et m'endormis sans savoir ni quand ni comment. C'est la sensation de froid qui me réveilla. Le jour déclinait et j'avais dû dormir cinq heures. Je me rendis compte alors du degré de fatigue auquel j'étais arrivée. Mais l'air frais était déjà dans toutes mes fibres, dans mon sang. D'un pas léger mais ferme, vigoureux, je refis en deux heures de marche le trajet inverse jusqu'à la petite auberge.

L'hôtesse m'attendait déjà devant la porte. Elle s'était un peu inquiétée, craignant que je ne me fusse égarée, et me proposa d'apporter mon dîner. Ma foi, j'étais affamée, je ne me souvenais plus d'avoir, depuis des années, jamais éprouvé une telle faim, et je la suivis avec plaisir dans la petite salle commune de l'auberge. C'était une pièce sombre, plafond bas, parois lambrissées de haut en bas, petites tables accueillantes avec leurs nappes à carreaux bleus et rouges, sur les murs, çà et là, des cornes de chamois et des armes à feu entrecroisées. Et bien que l'imposant poêle de faïence fût éteint par cette chaude journée

d'automne, l'endroit diffusait la confortable tié-
deur des pièces habitées. Les hôtes me plurent
aussi. À l'une des quatre tables étaient assis l'officier de gendarmerie, le directeur des impôts, le
secrétaire de mairie, disputant ensemble une partie
de cartes, chacun son verre de bière à portée de
la main. À une autre, affalés sur leurs coudes,
quelques paysans au visage buriné, tanné par le
soleil. Taciturnes comme tous les Tyroliens, ils
se contentaient de tirer sur le long tuyau de leurs
pipes en porcelaine. À leur attitude, on voyait
qu'ils avaient travaillé dur tout le jour et qu'ils
étaient simplement venus se reposer, trop fatigués
pour penser, trop fatigués pour parler, braves et
honnêtes gens dont on avait plaisir à contempler le
dur visage taillé à la serpe. La troisième table était
occupée par quelques charretiers qui sirotaient
leur forte eau-de-vie de grain, fatigués eux aussi
et paisibles également. La quatrième table était
dressée pour moi et fut bientôt agrémentée d'une
pièce de viande braisée de si grand format qu'en
temps ordinaire, sans cette saine faim d'ogre que
m'avait donnée le grand air vif de la montagne, je
n'en serais pas venue à bout de la moitié.

J'avais descendu un livre de ma chambre dans
l'intention de lire, mais c'était un bien-être com-
plet que de rester simplement assise dans cette
salle paisible au sein de cette cordiale humanité
dont la proximité discrète n'était nullement
gênante. Parfois la porte s'ouvrait, un enfant blond

venait chercher une cruche de bière pour ses
parents, un paysan passait juste boire un verre au
comptoir. Une femme entra pour aller bavarder
avec l'hôtesse qui, derrière le comptoir, reprisait
les bas de ses enfants ou petits-enfants. Toutes ces
allées et venues généraient un rythme merveilleu-
sement paisible qui occupait les yeux sans oppri-
mer le cœur, et je me sentais parfaitement à l'aise
dans cette atmosphère confortable.

J'étais assise là depuis un bon moment à rêvasser, l'esprit vacant, quand – il pouvait être vers
les 9 heures – la porte s'ouvrit encore, cette fois,
non plus du geste auguste et lent des paysans,
mais poussée brusquement, ouverte en grand, et
l'homme qui se présenta, au lieu de la refermer
derrière lui, resta un instant planté là, occupant
tout le seuil, comme s'il hésitait encore à entrer.
Puis, claquant la porte bien plus bruyamment que
les autres clients, il embrassa toute la salle du
regard et, d'une voix de basse profonde, nous
salua d'un « *Grüss Gott* à toute la compagnie, bien
le bonsoir, messieurs ». Je remarquai aussitôt la
forme recherchée, peu rustique du salut. Dans
une auberge de village tyrolien, il n'est pas d'usage
d'employer le vocable citadin « messieurs » et, de
fait, cette pompeuse adresse suscita peu d'enthousiasme parmi les occupants de l'auberge. Personne
ne leva la tête, l'hôtesse continua tranquillement
à repriser ses chaussettes de laine grise, et seule, à
la table des charretiers, une voix bourrue répondit

par un indifférent « *Grüss Gott* », à peine audible,
dont le ton aurait pu aussi bien vouloir signifier
« Va au diable ». Personne ne parut s'émouvoir
de la bizarrerie de cet hôte bizarre, mais l'étranger
ne se laissa pas décontenancer outre mesure par
cet accueil peu engageant. Lentement, d'un geste
théâtral, il alla pendre à une corne de chamois
son couvre-chef peu rural, au bord fatigué, un
peu trop large, puis inspecta chaque table l'une
après l'autre, cherchant une place où s'asseoir.
D'aucune table ne lui parvint un signe d'invite.
Les trois joueurs se plongèrent dans leur jeu avec
un intérêt redoublé pour leurs cartes. Les paysans, sur leur banc, ne montrèrent aucune intention de se serrer pour lui faire place, quant à moi,
mise mal à l'aise par cet étrange comportement et
redoutant les bavardages du nouveau venu, je
m'empressai de plonger dans mon livre.

L'étranger n'eut donc plus d'autre choix que de
se diriger d'un pas visiblement entravé vers le
comptoir. « Une bière, belle hôtesse, bien fraîche
avec une belle mousse », commanda-t-il à pleine
voix. Ce ton particulièrement théâtral frappa de
nouveau mon oreille. Dans une auberge rurale, au
Tyrol, ce langage fleuri me semblait assez déplacé,
quant à l'hôtesse, rien, chez cette brave aïeule,
n'aurait pu justifier pareil compliment. Comme il
fallait s'y attendre, ce langage ne fit pas la moindre
impression sur elle. Sans répondre, elle prit un
bock en grès bien ventru, le rinça à l'eau, l'essuya

avec un torchon, le remplit au tonneau et, sans impolitesse, mais dans une totale indifférence, le poussa sur le comptoir vers le client.

Comme la couronne de la lampe à pétrole, suspendue à ses chaînettes, éclairant le comptoir, se trouvait précisément au-dessus de lui, je pus aisément observer le personnage. Il avait dans les soixante-cinq ans, une forte corpulence, et l'œil clinique que j'avais pu exercer en ma qualité de femme de médecin me permit de reconnaître aussitôt la cause de sa démarche traînante et malaisée que j'avais remarquée dès son entrée. Un accident vasculaire avait dû provoquer une légère hémiplégie, car sa bouche tombait également du côté affecté et sa paupière gauche, plus flasque, descendait visiblement un peu plus bas sur l'œil, ce qui imprimait à son visage déformé un trait amer. Ses vêtements étaient inhabituels dans un village de montagnards ; au lieu de la veste de paysan et de la culotte de peau traditionnelle, il portait des culottes informes, jaunâtres qui avaient dû être blanches autrefois, ainsi qu'un habit qui devait être devenu trop étroit pour lui depuis des années et qui, aux coudes, menaçait ruine ; la cravate, nouée n'importe comment, pendait comme une ficelle noire à son cou épaissi et spongieux. Dans toute sa dégaine, il y avait quelque chose d'une débâcle et pourtant, il n'était pas exclu que cet homme eût un jour fait belle figure. Son front haut et d'un beau galbe, sous la broussaille

blanche d'une épaisse chevelure, avait une certaine noblesse, mais, sitôt après les sourcils impo-
sants commençait la débandade du visage : des
yeux troubles sous les paupières rougies, puis,
flasques et ridées, des joues qui s'affaissaient
vers la nuque épaissie et molle. Il me rappelait le
masque d'un certain empereur romain du déclin
de l'Empire, que j'avais vu en Italie, de l'un des
Césars de la décadence. Dans un premier temps,
je ne pus discerner ce qui malgré moi m'obligeait
à le dévisager avec une telle attention, mais je
compris sur-le-champ que je devais me garder de
lui laisser remarquer ma curiosité car il était
évident qu'il cherchait déjà avec impatience avec
qui engager la conversation. On aurait dit qu'une
contrainte intérieure le forçait à parler. À peine
eut-il, d'une main un peu tremblante, porté le
verre à sa bouche et bu une petite gorgée qu'il
commenta tout haut : « Ah... magnifique, magnifique », en regardant autour de lui. Personne ne
lui fit écho. Les joueurs battirent les cartes, distri-
buèrent, les autres suçaient leur pipe, tout le
monde avait l'air de le connaître mais, pour une
raison que j'ignorais, de ne pas s'intéresser à lui.

À la fin, il n'y tint plus. Il prit son verre de bière
et le porta à la table des paysans. « Ces messieurs
voudront bien me faire un peu de place pour y
asseoir mes vieux os. » Les paysans se serrèrent un
peu sur le banc sans plus faire attention à lui. Il se
tint tranquille un moment, déplaçant, tantôt vers

lui, tantôt vers le centre de la table, son verre à
moitié plein. Je remarquai aussi que ses doigts
tremblaient pendant ces opérations. Finalement,
il s'adossa au banc et se mit à parler, à voix assez
haute. Difficile de savoir à qui il s'adressait, car les
deux paysans, ses voisins, lui avaient clairement
fait comprendre qu'ils ne portaient aucun intérêt
à sa conversation. En fait, il parlait à la cantonade.
Il parlait – je le sentis aussitôt – juste pour parler et
s'entendre parler.

«Ah, quelle aventure, aujourd'hui, commença-
t-il. Vraiment, c'était bien aimable de la part de
Monsieur le comte, vraiment aimable. Il me trouve
sur la route, dans sa voiture et s'arrête – mais oui,
il s'arrête exprès pour moi. Il descend à Bozen
pour conduire les enfants au cinéma, est-ce que je
n'aurais pas envie d'y aller aussi – c'est vraiment
un grand monsieur, un homme instruit, cultivé,
qui sait rendre honneur au mérite. On ne peut pas
refuser l'invitation d'un tel homme, on sait se
comporter. Alors, je monte avec eux, sur la ban-
quette arrière, bien sûr, à côté de Monsieur le
comte – c'est quand même un grand honneur que
me fait un monsieur comme lui et je me laisse
emmener par lui dans cette baraque de lanterne
magique qu'ils ont ouverte dans la grand-rue,
grande inauguration, avec de la réclame et des illu-
minations comme pour la consécration d'une
église. Comme je dis, pourquoi est-ce qu'on n'irait
pas voir ce que messieurs les Anglais ou les Améri-

cains, de l'autre côté, savent faire et nous vendre pour un tas d'argent. À ce qu'ils disent, paraît que ce serait de l'art, ce cinématographe. Mais, du diable, pouah », fit-il en crachant par terre, « oui, du diable, c'est du fumier ce qu'ils nous servent sur l'écran ! C'est une honte pour l'art, une honte pour le monde, quand on a un Shakespeare et un Goethe ! D'abord ils nous ont passé une ineptie en couleurs, des animaux de toutes les couleurs – bon, je veux bien, passe encore, ça amuse peut-être les enfants et ça ne fait de mal à personne. Mais après, ils nous donnent un *Roméo et Juliette* qui devrait être interdit, interdit au nom de l'art ! Et les vers, faut entendre ça pour le croire ! Les vers divins de Shakespeare : on aurait dit quelqu'un qui couine dans un tuyau de poêle, et le sirop à l'eau de rose qu'ils versent par là-dessus ! J'aurais bondi de mon siège et je me serais sauvé en courant, si ça n'avait été Monsieur le comte qui m'avait invité. Nous faire avec de l'or pur un vrai purin ! Ah, quelle époque ! »

Il saisit son verre de bière, le vida à grands traits et le reposa violemment sur la table avec un choc retentissant. À présent, il parlait à tue-tête, il criait presque. « Et les acteurs d'aujourd'hui se prêtent à cela – pour l'argent, ce satané argent, ils crachent les vers de Shakespeare dans des machines et nous gâchent l'art. J'ai encore plus de respect pour la dernière des filles des rues ! J'ai plus de respect pour elle que pour ces singes qui se font tirer le portrait sur des affiches en grand format et qui ramassent des millions à la pelle pour le crime qu'ils commettent sur l'art. Qui estropient la parole, la parole vivante, et hurlent les vers de Shakespeare dans un porte-voix au lieu d'éduquer le peuple et d'instruire la jeunesse. Une institution morale, c'est ainsi que Schiller a désigné le théâtre, mais qui l'écoute encore ! Plus rien n'a de valeur aujourd'hui, sauf l'argent, ce satané argent et la réclame dont certains savent bien se servir pour eux-mêmes. Et celui qui ne sait pas y faire, il crève. Mais plutôt crever, comme je dis, plutôt que de se vendre à ce maudit Hollywood. Au pilori, au pilori ! »

Il avait crié à pleine voix et frappé la table d'un grand coup de poing. Quelqu'un lança depuis la table des joueurs de cartes : « Sacrebleu, tais-toi donc ! On ne sait plus soi-même ce qu'on joue avec tes harangues ! »

Le vieil homme eut un sursaut, comme s'il voulait rétorquer quelque chose. Sur le moment, son œil éteint lança des éclairs véhéments, puis l'homme se contenta d'un geste de mépris comme pour dire qu'il se respectait trop pour répondre. Les deux paysans tiraient sur leur pipe, lui demeura muet, son œil vitreux fixant le vide, il se tint coi, sidéré, hébété. On voyait que ce n'était pas la première fois qu'on le contraignait à se taire.

Sur le coup je fus profondément bouleversée. Mon cœur se serra. Quelque chose m'émouvait chez cet homme humilié qui, je le devinais, avait dû connaître des jours plus brillants, et que quelque malheur – peut-être la boisson – avait fait tomber si bas. J'osais à peine respirer, craignant que lui ou les autres ne fissent dégénérer la scène en esclandre. Dès l'instant où il était entré et que j'avais entendu le son de sa voix, quelque chose en lui – j'ignorais quoi – m'avait rendue inquiète. Mais rien de fâcheux n'arriva. Il se tint tranquille, sa tête retomba plus bas, il fixa le vide et j'eus l'impression qu'il marmonnait quelque chose, se parlant à lui-même. Personne ne lui portait attention.

Entre-temps, l'hôtesse s'était levée de derrière son comptoir pour aller chercher quelque chose à la cuisine. J'en profitai pour l'y suivre et lui demander qui était cet homme. « Ah », dit-elle avec bienveillance, « le pauvre diable, il vit dans l'asile par chez nous, et je lui offre tous les soirs son bock de bière. Il n'a pas de quoi se le payer. Mais on a bien du mal avec lui. Il a jadis été comédien, et il n'arrive pas à accepter que les gens ne veuillent pas vraiment croire qu'il a été quelqu'un autrefois et ne lui accordent pas le respect qui lui revient. Parfois ils se moquent de lui et lui demandent de leur déclamer une tirade. Alors il se lève et débite pendant des heures des mots que personne ne comprend. Parfois ils lui offrent de quoi fumer et lui payent une autre bière. Parfois ils lui rient au nez, et là, il se fâche tout rouge. Il faut être prudent avec lui. Et pourtant, il n'est pas méchant. Deux,

trois bières qu'on lui paye et il est content – eh oui,
c'est vraiment un pauvre diable, le vieux Peter.

— Comment? Comment s'appelle-t-il?» de-
mandai-je, bouleversée, sans bien savoir encore
ce qu'il y avait là de si bouleversant pour moi.

«Peter Sturzentaler. Son père était bûcheron au
village, ici, et c'est pourquoi ils l'ont admis à l'asile
pour les indigents.»

Tu peux imaginer, ma chérie, pourquoi j'étais
sens dessus dessous. Car je compris aussitôt cette
chose inconcevable. Ce Peter Sturzentaler, cette
épave, cet ivrogne, ce vieil homme hémiplégique
qui vivait à l'asile ne pouvait être autre que l'idole
de notre jeunesse, celui qui avait hanté tous nos
rêves; celui-là même qui, sous le nom de Peter
Sturz, jouait les jeunes premiers au théâtre de
notre ville, qui avait été pour nous l'incarnation
de tout ce qu'il y avait de noble et d'élevé au
monde, celui-là même que toutes deux – tu le sais
bien –, jeunes filles, presque encore des enfants,
avons follement admiré, adulé. À présent, je comprenais aussi pourquoi, dès le premier mot qu'il
avait prononcé dans l'auberge, quelque chose
s'était ému en moi. Je ne l'avais pas reconnu
– comment aurais-je pu le reconnaître sous ce
masque de la déchéance, dans sa transformation,
dans cette décrépitude –, mais dans sa voix, un
je-ne-sais-quoi ouvrait une brèche vers le souvenir
si longtemps enfoui. Te souviens-tu de la première fois où nous le vîmes? Il venait d'un obscur

théâtre de province, engagé par notre Stadttheater d'Innsbruck, et nos parents nous avaient exceptionnellement permis d'assister à sa première prestation chez nous parce que c'était dans une pièce classique, la *Sappho* de Grillparzer où il incarnait Phaon, le bel éphèbe qui avait troublé le cœur de Sappho. Mais que dire du trouble qu'il jeta en nous quand il fit son entrée, vêtu à la grecque, une couronne sur son épaisse chevelure sombre, tel un autre Apollon ; il n'avait pas encore prononcé un mot que, tout émues, nous pressions nos mains l'une contre l'autre. Dans notre ville de petits-bourgeois et de paysans, jamais nous n'avions vu un tel homme, et le petit acteur de province dont, du haut de la galerie, nous ne pouvions distinguer le maquillage et l'apprêt, nous apparaissait comme l'image céleste même de tout ce qu'il y avait de noble et de sublime sur la terre. Nos petits cœurs affolés battirent dans nos jeunes poitrines ; nous n'étions plus les mêmes, nous étions sous le charme quand nous sortîmes du théâtre, et comme nous étions chacune la plus proche amie de l'autre, nous nous jurâmes, pour ne pas mettre en péril cette amitié, de l'aimer, de l'aduler ensemble et cet instant scella notre folle passion. Rien n'avait pour nous plus d'importance que lui. Tout ce qui concernait l'école, la famille, ce qui se passait en ville, par des liens mystérieux, nous le mettions en rapport avec lui, tout autre objet nous semblait insignifiant, nous

nous désintéressâmes des livres, nous ne connaissions plus d'autre musique que celle de sa voix.
Je crois bien que pendant des mois et des mois, il
fut le sujet de toutes nos conversations. Chaque
jour commençait avec lui ; nous dévalions discrètement l'escalier pour nous emparer du journal
avant nos parents, pour savoir quel prochain rôle
on lui avait attribué, lire ses critiques – et aucune
n'était assez enthousiaste à notre gré. Trouvions-
nous un mot sévère à son égard, nous étions
au désespoir, un autre acteur recueillait-il des
éloges, nous le haïssions. Ah, combien de sottises
n'avons-nous pas commises alors, elles étaient
trop nombreuses pour que je puisse en citer
aujourd'hui ne serait-ce que le millième. Nous
savions toujours quand il sortait et où il allait,
nous savions avec qui il parlait et enviions chaque
individu qui avait le privilège de descendre la rue
avec lui. Nous connaissions chacune de ses cravates et cannes de promenade, nous cachions ses
photographies non seulement à la maison, mais
sous les couvertures de nos livres de classe de
façon à pouvoir, pendant le cours, contempler
son portrait à la dérobée ; nous avions inventé un
langage par signes pour nous signaler, d'un banc
à l'autre, pendant la classe, que nous pensions à
lui. Quand nous portions un doigt au front, cela
voulait dire : « Je pense à lui », quand nous devions
lire tout haut des poèmes, nous imitions malgré
nous ses intonations. Nous l'attendions à la sortie

des artistes et nous le suivions à quelques pas de
distance, nous restions en faction dans le renfon-
cement d'une porte cochère en face du café qu'il
fréquentait et ne cessions de le regarder lire son
journal. Mais nous le révérions si profondément
qu'au cours de ces deux années, nous n'osâmes
jamais l'aborder et faire sa connaissance. D'autres
jeunes filles plus hardies, parmi ses admiratrices,
l'assaillaient pour obtenir de lui des autographes,
elles allaient même jusqu'à le saluer en pleine rue.
Nous n'aurions jamais eu cette audace. Mais une
fois, alors qu'il avait jeté par terre le mégot de sa
cigarette, nous le ramassâmes comme une sainte
relique et le partageâmes en deux, une moitié
pour toi, l'autre pour moi. Et cet infantile culte
idolâtre s'étendait à tout ce qui le touchait de près
ou de loin. Sa vieille gouvernante, que nous jalou-
sions cordialement parce qu'elle avait le privilège
de le servir et de tenir son ménage, était à nos
yeux un éminent personnage. Un jour qu'elle faisait son marché, nous lui offrîmes de lui porter
son panier et eûmes le bonheur de quelques
mots aimables qu'elle nous adressa. Ah, que de
folies avons-nous commises, gamines, pour lui,
pour ce Peter Sturz qui en ignorait tout, n'en
soupçonnait rien.

Aujourd'hui que nous avons pris de l'âge, ce
qui fait de nous des personnes raisonnables, il
nous est facile de sourire avec condescendance de
ces enfantillages comme des manifestations d'une

exaltation somme toute habituelle chez des adoles-
centes. Et pourtant, je ne peux me dissimuler que
dans notre cas, cette exaltation avait pris un tour
dangereux. Je crois que notre sentiment amoureux
n'avait pris cette forme si exagérée et si absurde
que parce que, sottes enfants que nous étions,
nous nous étions juré de l'aimer ensemble. Cela
eut pour conséquence que nous nous entraînâmes
mutuellement à rivaliser dans cette exaltation, que
chaque jour nous poussions la passion plus loin,
et inventions constamment, l'une à l'intention de
l'autre, de nouvelles preuves que ce dieu de nos
rêves n'était pas une seconde absent de nos pensées. Au contraire des autres jeunes filles, qui
à l'occasion s'entichaient de braves garçons tout
simples et jouaient à des jeux habituels, nous
avions reporté tout sentiment, tout enthousiasme
sur cet objet unique. Pendant ces deux années de
passion, toutes nos pensées lui appartinrent. Parfois je m'étonne qu'après cette obsession du jeune
âge, nous eussions été chacune encore capable,
par la suite, d'aimer notre mari, nos enfants d'un
amour transparent, lucide et fort, sans avoir déjà
dépensé toute la force du sentiment dans ces exa-
gérations insanes. Pour autant, nous n'avons pas à
rougir de ces années-là. Car grâce à cet homme,
nous avons également connu la passion de l'art, et
dans nos puérilités s'exprimait un secret appel vers
le sublime, la pureté, vers le meilleur, des valeurs

qui, par le plus pur des hasards, avaient trouvé à s'incarner dans cet unique personnage.

Tout cela semblait déjà si infiniment lointain, recouvert par tant de strates de vie et d'autres sentiments, et pourtant, quand l'aubergiste prononça son nom, je fus ébranlée d'une si forte émotion que c'est miracle qu'elle ne s'en fût pas aperçue. Mon saisissement fut trop fort quand j'identifiai en ce mendiant, en cet homme anonyme, tributaire de la charité publique, ridiculisé par des paysans grossiers, déjà trop vieux et trop las pour avoir honte de sa déchéance, ce même homme que nous n'avions connu qu'auréolé de notre enthousiasme, que nous avions adulé de notre amour fanatique comme l'image même de la jeunesse et de la beauté. Il me fut impossible de retourner aussitôt dans la salle de l'auberge, peut-être n'aurais-je pas pu retenir mes larmes à sa vue, ou me serais-je trahie à ses yeux de quelque autre façon. Je montai donc dans ma chambre pour rappeler en moi tous les souvenirs de ce que cet homme avait représenté dans ma jeunesse. Car le cœur humain est ainsi fait : je n'avais plus songé une seule fois pendant tant d'années à cet homme qui jadis avait été au centre de toutes mes pensées et avait empli mon âme. J'aurais pu ne jamais m'enquérir de lui jusqu'à ma dernière heure, et lui eût pu mourir sans que j'en eusse eu connaissance.

Je laissai la lumière éteinte dans ma chambre, m'assis dans le noir et essayai de rassembler tel ou tel souvenir, de me rappeler comment cela avait commencé, s'était terminé, si bien que je revécus alors tout l'ancien temps disparu. J'eus l'impression que mon corps qui, tant d'années auparavant, avait porté des enfants, se retrouvait dans le corps frêle de l'adolescente immature, et que j'étais encore celle qui, autrefois, assise au bord de son lit le cœur battant, pensait à lui avant de se coucher. Je sentis mes mains devenir moites, puis il se produisit quelque chose qui me fit frémir, et que je ne saurais guère te décrire. Tout à coup, sans savoir encore pourquoi, je fus parcourue d'un frisson. Je fus prise d'un profond émoi. Une pensée, une pensée précise, un souvenir précis s'était emparé de moi, le souvenir d'un épisode que, depuis tant d'années, j'avais refusé de me rappeler. Dès la seconde où l'hôtesse m'avait dit son nom, je sentis qu'une chose en moi s'efforçait de resurgir et dont je refusais le souvenir, une chose que, comme dit ce professeur Freud, à Vienne, j'avais «refoulée» – si profondément refoulée en moi qu'en effet je l'avais oubliée pendant des années, l'un de ces secrets si intimes que l'on se tait obstinément à soi-même. Ce secret, je te l'avais dissimulé, même à toi, à qui j'avais pourtant juré de révéler tout ce qui le concernait. Je me l'étais caché à moi-même toutes ces années. Or il était soudain présent, tout proche. Et aujourd'hui, maintenant que c'est au tour de nos enfants et bientôt à nos petits-enfants de faire leurs sottises, je peux bien t'avouer ce qui s'est jadis passé entre cet homme et moi.

Aujourd'hui, je peux m'ouvrir à toi de ce secret si intime. Cet étranger, ce vieux comédien déchu, brisé, qui aujourd'hui, pour une chope de bière, déclamait des vers devant des paysans qui riaient de lui, le ridiculisaient, cet homme, Ellen, cet homme a tenu pendant une minute décisive toute ma vie entre ses mains. Tout dépendait de lui, de son bon vouloir, et si je n'avais pas mis d'enfants au monde, j'ignore où et qui je serais à cette heure. La femme, l'amie qui t'écrit aujourd'hui serait vraisemblablement une malheureuse créature et sûrement écrasée et piétinée par la vie comme lui-même. Ne crois surtout pas que j'exagère. À l'époque, je ne mesurais pas moi-même le danger auquel je m'exposais, mais aujourd'hui, je vois et je comprends clairement ce qu'alors je ne comprenais pas. C'est aujourd'hui seulement que je mesure l'immense dette que j'ai envers cet étranger oublié.

Je vais te raconter cela du mieux que je peux. Tu te souviens qu'alors, peu avant ton seizième anniversaire, ton père fut muté à Innsbruck du jour au lendemain, et je te vois encore te précipitant dans ma chambre, en pleurs, désespérée, parce que tu devais me quitter, le quitter. Je ne sais pas ce qui t'était le plus douloureux. Je crois volontiers que c'était le fait de ne plus le voir, cette idole de notre jeunesse, loin de laquelle, pour toi, la vie n'était plus possible. C'est alors que je dus te jurer de te rapporter tout ce qui le concernait, chaque semaine, que dis-je, chaque jour, par lettres, je devais tenir pour toi un journal, et c'est aussi ce que j'ai fait fidèlement pendant un certain temps. Pour moi aussi, c'était une épreuve que de te perdre, car à présent, à qui allais-je me confier, à qui décrire les transports de mon âme, mes folles pensées, toutes mes exaltations ? Mais du moins l'avais-je encore, moi, il m'était permis de le voir, il m'appartenait à moi seule, et cela adoucissait quelque peu mon chagrin. Mais peu après, il y eut cette histoire – tu t'en souviens peut-être encore –, cet incident qui ne fut jamais vraiment tiré au clair. Il se disait que Sturz courtisait la femme du directeur – c'est en tout cas ce que l'on me dit par la suite – et qu'après une scène violente, il fut obligé d'accepter sa mise à pied. On lui accorda encore une dernière soirée à son bénéfice. Il monterait encore une fois sur les planches de notre théâtre, après quoi je l'aurais moi aussi vu pour la dernière fois.

Lorsque j'y songe, je ne trouve pas de jour dans toute ma vie qui fût plus désespéré que celui où l'on annonça que Peter Sturz jouait pour la dernière fois. Je me sentais comme malade. Je n'avais personne avec qui partager mon désespoir, personne à qui me confier. À l'école, les professeurs remarquèrent ma mauvaise mine et mon air de profonde tristesse ; à la maison, j'étais si insuppor-

table et violente que mon père, qui ne se doutait de
rien, se mit en colère et pour me punir, me priva de
théâtre. Je le suppliai – peut-être avec trop d'insis-
tance, trop de passion –, ce qui ne fit qu'envenimer
les choses, car ma mère prit alors le parti de mon
père : cette fréquentation assidue du théâtre me
détraquait les nerfs, je devrais rester à la maison.
En cet instant, je détestai mes parents – oui, j'étais
à ce point déboussolée, hors de moi, ce jour-là,
que je les détestais au point de ne plus supporter
leur vue. Je m'enfermai dans ma chambre. Je
voulais mourir. Je fus prise d'une de ces subites
crises de mélancolie qui s'abattent parfois sur les
jeunes êtres et qui peuvent être si dangereuses ; je
restais affalée, aboulique, dans mon fauteuil ; je ne
pleurais pas – j'étais trop abattue pour pleurer.
Un froid glacial me pétrifiait, puis, à l'inverse, une
sorte d'agitation fébrile me faisait parcourir toute
la maison, je me précipitais d'une chambre à
l'autre. J'ouvrais toutes les fenêtres et fixais le pavé
de la cour, trois étages plus bas, jaugeant la profon-
deur comme si j'allais m'y précipiter. Et pendant
tout ce temps, je jetais constamment un regard sur
la pendule : il n'était que 3 heures et le spectacle
débutait à 7 heures. Il allait jouer pour la dernière
fois et je ne l'entendrais pas, il serait ovationné par
tous et moi seule ne le verrais pas ? Brusquement,
je n'y tins plus. Que m'importait l'interdiction de
mes parents de quitter la maison ? Je m'échappai
sans prévenir personne, dévalai l'escalier, puis la

rue – sans savoir où j'allais. Je crois que j'avais la vague intention de me jeter à l'eau, ou quelque autre extravagance en tête. Je ne voulais plus vivre sans lui, mais je ne savais pas comment on met fin à ses jours. Ainsi, j'arpentai les rues en tous sens, sans répondre aux saluts que des amis m'adressaient. Tout me semblait indifférent ; à mes yeux, personne au monde n'existait plus que lui. Soudain, je ne sais comment, je me trouvai devant chez lui. Nous l'avions souvent guetté, d'en face, depuis l'encoignure de la porte cochère, espérant le voir arriver, ou encore les yeux fixés sur ses fenêtres ; peut-être le vague espoir de pouvoir le rencontrer par hasard une dernière fois avait-il inconsciemment guidé par là mes pas. Mais il ne vint pas. Des dizaines de personnes quelconques défilèrent devant sa porte dans les deux sens, le facteur, un ébéniste, une grosse marchande de quatre-saisons, des centaines de gens indifférents se hâtaient dans la rue, lui seul ne vint pas.

Je ne sais plus ce qui me passa par la tête. Mais tout à coup, je ne pus retenir une impulsion. Je traversai rapidement la rue, m'engouffrai dans la maison, grimpai quatre à quatre les marches des deux étages jusque chez lui, et sans reprendre haleine courus jusqu'à la porte de son appartement ; juste être près de lui, seulement plus près de lui. Simplement lui dire encore quelque chose, je ne savais quoi. Tout cela se passa dans un état de raptus, de transe, hors du contrôle de ma raison, et sans doute est-ce pour échapper à tout scrupule que je franchis les marches dans cette hâte, et déjà – encore tout essoufflée – j'appuyai sur le bouton de sa sonnette. J'ai encore aujourd'hui dans l'oreille le son aigu, perçant, suivi d'un long silence où je percevais seulement les battements de mon cœur soudain ranimé. Enfin j'entendis, venant de l'intérieur, des pas, ses pas fermes, ses pas augustes, majestueux, que je lui connaissais sur scène. À ce moment, je repris mes esprits. Je voulus m'enfuir, disparaître de devant sa porte, mais l'émotion me paralysait. Mes jambes ne m'obéissaient plus et mon petit cœur cessa de battre.

Il ouvrit la porte et me contempla d'un regard étonné. J'ignore s'il me reconnut, si même il me connaissait. Dans la rue, il était constamment entouré du dense essaim d'adolescents, filles et garçons – ses admirateurs. Mais nous seules, nous qui l'aimions avec une telle dévotion, étions trop timides pour nous exposer à son regard. Cette fois-là encore, je me tenais tête basse devant lui sans oser lever les yeux vers lui. Il attendait que je lui délivre mon message – visiblement, il croyait que j'étais la petite arpète d'une boutique qu'on avait envoyée lui faire une commission. « Eh bien, mon enfant, qu'est-ce que c'est ? » m'encouragea-t-il finalement de sa voix sonore de basse.

Je balbutiai : « Je voulais juste… mais je ne peux pas le dire ici… », et la voix me manqua de nouveau.

Bienveillant, d'une bonne grosse voix : «Eh bien, entrez donc, mon enfant. De quoi s'agit-il?» demanda-t-il.

Je le suivis dans son studio. C'était une grande pièce toute simple, plutôt en désordre. Les tableaux étaient déjà décrochés des murs, des malles encore ouvertes encombraient le sol. «Eh bien, parlez... Qui vous envoie?» fit-il encore.

Alors, brusquement, les mots jaillirent de moi parmi mes larmes brûlantes. «S'il vous plaît, restez ici... Je vous en prie, ne quittez pas la ville... Restez avec nous.»

Involontairement, il recula d'un pas. Ses sourcils exprimèrent une surprise agacée, un trait sévère s'imprima sur ses lèvres. Il venait de comprendre qu'il avait une fois de plus affaire à l'une de ses admiratrices qui le persécutaient, et je craignais déjà de sa part une rude apostrophe. Mais quelque chose en moi, dans mon désespoir d'enfant, dut l'apitoyer. Il fit un pas vers moi, me caressa le bras : «Ma chère petite – il me parlait comme l'instituteur à son écolière –, ce n'est pas de bon gré que je fais ici mes adieux, et l'on n'y peut plus rien changer. C'est très gentil à vous d'être venue me dire cela. De fait, à qui vouons-nous notre travail, sinon à la jeune génération? Ma plus grande joie a toujours été d'avoir la jeunesse de mon côté. Mais les dés sont jetés et je ne peux plus rien changer. Enfin, quoi qu'il en soit (il recula d'un pas), c'est vraiment très gentil de votre part d'être venue me dire cela et cela me touche beaucoup. Gardez-moi votre estime et gardez-moi tous dans votre affectueux souvenir. »

Je compris qu'il me congédiait. Mais cela exaspéra mon désespoir. « Non, restez là, éclatai-je en sanglots, restez ici pour l'amour de Dieu... Je... je ne peux vivre sans vous.

— Voyons, mon enfant », chercha-t-il à m'apaiser. Mais je m'agrippai à lui, de mes deux bras, moi qui n'avais jamais osé ne fût-ce qu'effleurer son habit. « Non, ne partez pas », suppliai-je, redoublant de sanglots, « ne me laissez pas seule ! Emmenez-moi. Je vous suivrai n'importe où... où vous voudrez... Faites de moi ce que vous voulez... Mais ne m'abandonnez pas. »

Je ne sais plus toutes les autres sottises que j'ai pu lui dire alors dans mon désespoir. Je me pressais contre lui, comme si, de la sorte, je pouvais le retenir, ignorant complètement à quel danger je m'exposais en m'offrant aussi passionnément. Car tu n'as sûrement pas oublié à quel point nous étions encore naïves à l'époque, combien l'idée de l'amour physique nous était inconnue, quasi étrangère. Quoi qu'il en fût, j'étais toute jeune alors et – aujourd'hui, je peux bien le dire – d'une beauté qu'on remarquait, et les hommes, dans la rue, se retournaient déjà sur mon passage, et lui, c'était un homme, il avait alors trente-sept ou trente-huit ans, et à ce moment-là, il aurait pu faire de moi ce qu'il voulait. Je l'aurais vraiment suivi ;

quoi qu'il eût tenté sur moi, je ne lui eusse opposé aucune résistance. Il aurait été d'une grande facilité pour lui, alors – nous étions chez lui –, d'abuser de mon ignorance. Dans cette heure-là, il tenait mon sort entre ses mains. Qui sait ce qu'il serait advenu de moi si, d'une façon moins noble, il avait profité de mes avances de gamine, cédé à sa vanité, peut-être à son propre désir et à la tentation – c'est aujourd'hui seulement que je sais dans quel danger je me suis mise ce jour-là. Il y eut un instant, je le sens à présent, où il perdit pied, sentant mon corps pressé contre le sien, mes lèvres tremblantes tout près des siennes. Mais il se domina et, doucement, m'écarta de lui. « Un instant », dit-il, se détachant de moi comme se faisant violence, puis, se tournant vers l'autre porte : « Frau Kilcher ! »

Je ressentis un choc terrible. Mon réflexe fut de m'échapper en courant. Voulait-il m'humilier devant la vieille femme, sa gouvernante ? Se railler de moi devant elle ? Mais déjà elle entrait. « Voyez donc la gentillesse, Frau Kilcher, lui dit-il. Cette jeune demoiselle vient me présenter les chaleureux compliments d'adieu de toute son école. N'est-ce pas émouvant ? » Il se tourna de nouveau vers moi. « Oui, dites-leur à tous combien je les remercie. J'ai toujours ressenti comme la plus haute joie de notre métier d'avoir avec nous la jeunesse, le sel de la terre. Seule la jeunesse sait apprécier le Beau, oui, elle seule. Chère demoiselle, vous m'avez pro-

curé une joie profonde et (il prit mes deux mains)
je vous en saurai gré à jamais. »

Je pus retenir mes larmes. Il ne m'avait pas fait
honte, pas couverte d'humiliation. Mais sa géné-
rosité ne s'arrêta pas là, car il se tourna alors vers
la gouvernante : « Vraiment, si nous n'avions pas
tant à faire, comme j'aurais aimé bavarder un peu
avec cette charmante demoiselle. Mais vous aurez
la gentillesse de la raccompagner jusqu'à la porte
d'en bas, n'est-ce pas ? Et à vous : tous mes bons
vœux vous accompagnent ! »

Ce n'est que plus tard que je compris avec
quelle délicatesse il avait songé à me préserver, à
me protéger en me faisant raccompagner par sa
gouvernante. Car enfin, on me connaissait dans
cette petite ville et une personne médisante aurait
pu me voir, une toute jeune fille, sortir seule, discrètement, de l'appartement de l'acteur célèbre, et
répandre des bruits malveillants. Il avait compris,
cet étranger, mieux qu'en était capable l'enfant
que j'étais, ce qui aurait pu me faire grand tort. Il
m'avait protégée de ma propre jeunesse impru-
dente – avec quelle clarté le comprenais-je à présent, plus de vingt-cinq ans plus tard.

Rien d'étonnant, pas de honte non plus, chère
amie, à avoir oublié toute cette histoire pendant
tant d'années, à avoir *voulu* oublier ce dont je
n'étais pas fière : n'avoir jamais été reconnaissante
à cet homme, au fond de moi, n'avoir jamais
cherché à savoir ce qu'il était devenu, celui qui,

cet après-midi-là, a tenu ma vie, mon sort entre
ses mains. Or voici qu'en ce moment, ce même
homme était assis en bas, devant sa chope de
bière, une épave, un mendiant, la risée de tous, et
personne ne savait qui il était, ce qu'il avait été,
personne sauf moi. J'étais peut-être la seule sur
terre à me souvenir de son nom, et j'avais une
dette envers lui. Peut-être avais-je l'occasion, à
présent, de m'en acquitter. Je n'étais plus atterrée,
j'étais juste un peu honteuse d'avoir pu être aussi
ingrate en oubliant si longtemps que cet homme,
cet étranger, avait été magnanime à mon égard en
une heure décisive de ma vie.

Je redescendis dans la salle. Il ne s'était pas
écoulé plus de dix minutes. Rien n'avait changé.
Les joueurs de cartes jouaient toujours, l'hôtesse
travaillait à son ouvrage derrière le comptoir, les
paysans suçaient leur pipe, le visage ensommeillé.
Lui non plus n'avait pas bougé de sa place, le bock
de bière vide devant lui. C'est à ce moment seulement que je remarquai l'expression de tristesse
infinie de ce visage ravagé, hébété, les yeux voilés
par les paupières pesantes, la bouche amère, dure
et affaissée d'un côté par la paralysie faciale. L'air
sombre, s'appuyant des coudes sur la table, il
soutenait sa tête qui penchait vers l'avant, d'une
fatigue qui n'était pas celle du manque de sommeil, mais la lassitude de vivre. Personne ne lui
adressait la parole, ne faisait attention à lui.
Comme un grand oiseau gris, brisé par la captivité,

tassé dans le coin sombre de sa cage, rêvant peut-être à sa liberté passée, lorsqu'il pouvait encore déployer ses ailes et traverser l'éther, tel il était assis là.

La porte s'ouvrit à nouveau, trois autres paysans pénétrèrent dans la salle d'un pas lourd et traînant, commandèrent leur bière et cherchèrent une place. «Allez, pousse-toi», ordonna l'un d'eux à Sturz, assez grossièrement. Le pauvre homme leva des yeux hagards. Je vis que ce brutal manque d'égard avec lequel on disposait de sa personne le blessa. Mais il était déjà trop las, trop humilié pour protester ou se défendre. Il se poussa en silence et déplaça avec lui son verre de bière vide. L'aubergiste apporta aux autres les chopes pleines. Je remarquai le regard avide, assoiffé, dont il suivit leur destination. Mais l'hôtesse ignora sans s'émouvoir son regard muet qui mendiait. Il avait déjà reçu sa part charitable, et s'il s'entêtait à rester, il ne pouvait s'en prendre qu'à lui. Je vis qu'il n'avait plus la force de se défendre et imaginai combien d'humiliations lui réservait encore sa vieillesse !

En cet instant, une pensée me vint, soulageant ma mauvaise conscience. Je savais que je n'étais pas en mesure de l'aider réellement. Je ne pouvais lui rendre sa jeunesse, à ce vieil homme décrépi, brisé. Mais je pouvais peut-être lui alléger le supplice de ce mépris, lui rendre un peu de considération ici, dans ce village perdu, pour les quelques

mois qu'il restait encore à vivre à cet être marqué
par les stigmates de la mort.

Alors, je me levai et allai assez ostensiblement
vers sa table, où il était coincé entre les paysans,
qui, étonnés, me suivirent des yeux, puis je
m'adressai à lui : « Est-ce bien au Comédien des
Théâtres princiers, monsieur Sturz, que j'ai l'honneur ? »

Il sursauta comme sous l'effet d'une décharge
électrique, si bien que même la paupière gauche,
malgré la ptôse, se souleva. Il me fixa un moment.
Quelqu'un l'avait appelé par son nom d'autrefois,
qu'ici personne ne connaissait, ce nom que tous,
à l'exception de lui-même, avaient oublié depuis
longtemps, et avait même ajouté le titre de
Hofschauspieler [1], qui en réalité, ne lui avait jamais
été décerné. La surprise était trop forte pour qu'il
pût se lever. Peu à peu, il sembla se déconcerter ;
peut-être s'agissait-il là encore d'une plaisanterie
cruelle ?

« En effet… c'est bien… c'était mon nom. »

Je lui tendis la main. « Oh, c'est une grande joie
pour moi… un grand honneur. » Je parlai d'une
voix forte, intentionnellement, car je m'apprêtais
à mentir de façon éhontée pour le rétablir dans

---

1. Hofschauspieler : ces « acteurs de la Cour » étaient des
fonctionnaires nommés à vie par l'empereur. Après la repré-
sentation, ils n'avaient pas le droit de s'incliner devant le
public, en raison de leur haute distinction.

son honorabilité. «Je n'ai jamais eu la chance de pouvoir vous admirer sur scène, mais mon mari m'a très souvent parlé de vous. Jeune lycéen, il vous a souvent vu sur scène. C'était, je crois, à Innsbruck...

— Mais oui, à Innsbruck, j'y ai été engagé pour deux ans.» Son visage commença soudain à s'animer, comprenant que je ne me moquais pas de lui.

«Vous n'imaginez pas, Herr Hofschauspieler, le nombre de fois qu'il m'a parlé de vous, combien d'anecdotes je connais à votre sujet! Oh, comme il va m'envier quand demain je lui écrirai que j'ai eu le bonheur de vous rencontrer ici personnellement. Vous n'imaginez pas combien, aujourd'hui encore, il vous révère. Personne, m'a-t-il dit bien souvent, ne vous a égalé dans votre marquis de Posa, pas même le grand Kainz, ou dans votre Max Piccolomini[1], dans votre Léandre, et je crois qu'une fois, plus tard, il s'est rendu à Leipzig pour vous voir jouer. Mais il n'a pas osé vous adresser la parole. En revanche, il a gardé toutes

---

1. Le marquis de Posa est un personnage central (mais non historique) du *Don Carlos* (1787) de Schiller. – Le comédien autrichien Josef Kainz (1858-1910) acquit sa renommée sur les planches des théâtres de Vienne, Berlin et Munich, dans les grands rôles shakespeariens (Hamlet, Richard II, Shylock) et dans ceux du répertoire germanique (*Don Carlos*). – Max Piccolomini est l'un des personnages majeurs de la trilogie de Schiller *Wallenstein* (1799).

vos photographies de l'époque et j'aimerais pouvoir vous recevoir chez nous pour vous montrer avec quel soin il les a conservées. Il serait si heureux de vous entendre parler de votre vie. Peut-être pouvez-vous me faire le plaisir de me confier certaines anecdotes, que je pourrai lui rapporter... Puis-je me permettre, sans indiscrétion, sans vous déranger, de vous demander de venir à ma table?»

Les paysans, ses voisins, ouvrirent de grands yeux et, avec un respect automatique, lui firent place. Je vis qu'ils se sentaient dans une gêne quelque peu honteuse. Ils avaient traité ce vieil homme comme un mendiant, à qui l'on offre à l'occasion une bière et qu'on peut se permettre de ridiculiser. À la façon respectueuse dont une étrangère au village l'avait traité, ils conçurent pour la première fois le soupçon dérangeant que c'était là une personne que l'on connaissait, ailleurs, dans le monde, et qui y jouissait même de considération. Le ton particulièrement humble sur lequel je lui demandai comme un privilège de pouvoir converser avec lui avait fait son effet. «Eh ben, vas-y donc», l'encouragea le paysan assis près de lui.

Il se leva, encore légèrement titubant comme l'on sort d'un rêve. «Mais volontiers... avec le plus grand plaisir», bredouilla-t-il. Je remarquai qu'il n'arrivait qu'avec peine à cacher son émotion et qu'en vieux comédien, il luttait contre lui-même pour ne pas révéler aux autres sa surprise, je le vis s'efforcer maladroitement de faire comme si pareilles invitations et marques d'admiration étaient pour lui choses quotidiennes et allant de soi. Avec la dignité apprise au théâtre, il vint à pas mesurés jusqu'à ma table.

Je commandai à haute voix : « Une bouteille de vin et du meilleur en l'honneur de Herr Hofschauspieler. » Alors, même les joueurs levèrent les yeux de leurs cartes et se mirent à chuchoter. Leur Sturzentaler, un homme célèbre, un Comédien des Théâtres princiers ? Il pouvait bien y avoir du vrai là-dedans, si cette dame de la grande ville lui prodiguait tant d'honneurs. Et ce fut avec un geste tout différent du précédent, un geste plein de respect, que la vieille aubergiste posa un verre devant lui.

Ce fut une heure merveilleuse pour lui et pour moi. Je lui contai tout ce que je savais de lui en lui faisant croire que je tenais ces détails de mon mari. Il ne revenait pas de son étonnement que je connusse chacun de ses rôles, et le nom du critique et chaque ligne de ses commentaires sur lui. Je lui rappelai que lors d'une soirée de gala, Moissi, le célèbre Moissi, avait refusé de venir saluer sans lui devant la rampe et l'y avait entraîné de force et qu'ensuite, au cours de la soirée, il lui avait fait l'honneur de lui proposer le rituel du tutoiement. À chaque nouveau détail, il s'émerveillait comme dans un rêve : « Cela aussi, vous le savez!» Il s'était cru oublié et enterré depuis long-temps, et voici qu'une main frappait à son cer-cueil, l'en faisait sortir et lui montrait dans un miroir une gloire qu'en réalité, il n'avait jamais connue. Et comme le cœur ne demande qu'à se laisser leurrer, il croyait sans en douter une seconde à toute cette gloire dont il avait joui dans le vaste monde. «Ah, cela aussi vous le savez... Je l'avais moi-même oublié», balbutiait-il à chaque fois et je le voyais se défendre contre l'émotion attendrie qu'il ne voulait pas laisser paraître; à deux ou trois reprises, il tira de son habit son grand mouchoir d'une propreté douteuse et se détourna pour se moucher, en fait c'était pour essuyer furtivement les larmes qui coulaient sur ses joues fanées. Cela ne m'échappa pas et mon cœur s'émut en voyant que j'avais pu le rendre heureux, que ce vieil homme malade aurait connu une fois encore le bonheur avant de mourir.

C'est ainsi que nous passâmes une longue soirée ensemble dans une sorte d'euphorie. Quand il fut 11 heures, l'officier de gendarmerie s'approcha très civilement de notre table pour nous rappeler poliment qu'il était l'heure officielle de la ferme-ture. Le vieil homme sursauta visiblement: le divin miracle était-il donc déjà terminé? Il aurait voulu pouvoir rester ainsi des heures encore à écouter parler de lui, à rêver de lui. Pour moi, ce rappel de l'heure était le bienvenu car je craignais qu'il finît par deviner la véritable réalité des faits.

Et donc je m'adressai aux autres : « J'espère que ces messieurs auront l'obligeance de raccompagner jusque chez lui Monsieur le Comédien des Théâtres princiers.

— Avec le plus grand plaisir », répondirent-ils presque tous en chœur ; quelqu'un lui apporta cérémonieusement son chapeau décrépi, un autre l'aida à se lever, et dès lors je sus qu'on ne se moquerait plus de lui, qu'on ne rirait plus à ses dépens, qu'on ne lui ferait plus de chagrin, à ce pauvre vieil homme qui fit naguère le bonheur et le malheur de notre jeunesse.

Mais au moment de se quitter, la dignité qu'avec tant de mal il s'était efforcé de préserver l'abandonna, l'émotion eut raison de lui et il finit par perdre contenance. Soudain, des torrents de larmes ruisselèrent de ses vieux yeux fatigués, et ses doigts tremblèrent en saisissant ma main. « Oh, chère madame, chère bonne âme, dit-il, saluez bien votre mari de ma part et dites-lui que le vieux Sturz est toujours debout. Peut-être pourrai-je un jour revenir au théâtre. Qui sait, qui sait, peut-être recouvrerai-je un jour la santé. »

Deux hommes le soutenaient, un de chaque côté. Mais il se tenait debout presque tout seul ; un nouvel orgueil avait redressé l'homme abattu et je l'entendis parler avec une nouvelle fierté dans la voix. J'avais pu le secourir à la fin de sa vie comme il m'avait aidée au début de la mienne. J'avais pu payer ma dette.

Le matin suivant, j'allai m'excuser auprès de l'aubergiste de ne pouvoir demeurer plus long-temps car l'air de la montagne était trop vif pour moi. J'essayai de lui faire accepter l'argent de ma pension pour que désormais elle offrît au vieil homme non plus une bière, mais s'il le désirait, deux ou trois. Mais là, je me heurtai à la fierté nationale. Non, elle le ferait bien d'elle-même. Ils n'avaient pas su, au village, que leur Sturzentaler avait été une telle célébrité. C'était un honneur pour tout le village, et le maire avait déjà fait en sorte qu'on lui allouât désormais une petite somme mensuelle, quant à elle, elle s'engageait à veiller à ce que chacun prenne bien soin de lui. Et donc, je me bornai à lui laisser une lettre, une lettre d'infinis remerciements pour la bonté qu'il avait eue de me consacrer une soirée. Je savais qu'il la lirait mille fois jusqu'à sa mort et la mon-trerait à chacun, cette lettre, et qu'il se répéterait avec délices jusqu'à sa dernière heure ce rêve de sa gloire imaginaire.

Mon mari a été très surpris de me voir revenir si vite de mes vacances et encore plus de constater que ces deux jours d'absence avaient suffi pour me rendre mon énergie et mon entrain. «Une cure miraculeuse», a-t-il dit. Mais moi, je ne vois là rien de miraculeux. Rien n'est meilleur pour la santé que le bonheur, et il n'y a pas de bonheur comparable à celui de rendre heureux son pro-chain.

Voilà – et ainsi, j'ai pu en même temps m'acquitter envers toi d'une dette qui remontait à notre jeunesse. À présent, tu sais tout de notre Peter Sturz et tu connais aussi mon dernier vieux secret. Ton amie

MARGARET.

COLLECTION FOLIO 2€

Dernières parutions

Composition : IGS-CP à L 'Isle-d'Espagnac (16)
Achevé d'imprimer par Novoprint
le 23 décembre 2014
Dépôt légal : décembre 2014

ISBN 978-2-07-046267-4./Imprimé en Espagne.